卡夫卡

Franz Kafka

Die Verwandlung

變形記

目錄

代序：卡夫卡的眼睛

馬家輝

飢餓的下午

到達布拉格是下午時分。

叫了一輛minivan到旅館。一家小小古雅的小旅館。大家都很興奮，雖然累，也不理。出門去。那兒的電車吸引了我們，叮叮來，叮叮去；看來，布拉格人用電車非常之頻繁。但舊城區就在眼前，所以我們走路。不怎麼熱鬧的街道。很平凡的人們。店鋪裡賣的是過時老式的東西。時光慢了幾年，在布拉格。

在這個城市，我們用走路，來與它建立關係。

所以，我們來來回回走了查理大橋不知幾次。它連接舊城區和城堡區。我感覺，至少，我已經和這兩區建立了一種親暱的熟悉感。並在其中找到只屬於自己與城市的隱密對話。

肚子餓了，有幾家餐廳，探頭偷望，咦，居然是站著吃的快餐店。指手畫腳地比了比，什麼都要一些，雞牛肉腸……發現到歐洲，最好叫烤雞，一定沒錯。其他就要看運氣了。上次到義大利拿坡里也是，兩隻烤雞，可以填肚子就行。

走了近十五分鐘，路上有家劇院，是不是卡夫卡常去的那幾家之一呢？圓形的大柱看板，老是不經意就看到他的經典照。不然就是莫札特。

終於走到查理大橋，原來捷克語的橋叫 mist，只要看到這標誌，就往那裡去，而人們，都在那兒。

為什麼是布拉格？城市的召喚那麼地隱晦，為什麼不是華沙布達佩斯不是柏林？橋上每隔幾步就有雕像，就有一個故事。

在橋上，忽想起卡爾維諾筆下寫過的布拉格，「在夢想中的城市裡，他正逢青春年少；抵達時，卻已經是個老人。在廣場那頭，老人群坐牆邊，看著年輕人來來去去；他和這些老人並坐在一起。慾望已經成為記憶」。

現在的我：那麼，你算來過布拉格，你看到卡夫卡黃金巷二十二號水藍色

的門，那狹窄的空間怪不得有一個幽禁的心靈。那小巷緊依著的一連串木屋裡，
有一對憂傷的眼睛。
你，滿足了嗎？

卡夫卡的眼睛

車子進城後滿目滿眼都是卡夫卡展示館的大型海報，瘦削的臉龐以黑白的姿態有如鬼魅現身於每個角落，這是擠滿了觀光客的布拉格，所以也必然是卡夫卡的布拉格；並非相反。

卡夫卡的長相確實適宜於成為海報照片，一雙圓頭窄尾的大眼睛承載了猶太族裔的千年悲愁，兩隻尖得怪異的耳朵往上豎起，像欲接收天地間任何一項最細微的情感信息。卡夫卡在照片裡直視著你，認識他的人很想過去跟他說聲“Grüss Gott”[1]或“Dobré odpoledne”[2]，從沒聽過卡夫卡是誰的人亦會忍不住好奇探窺他的謎樣身世，你想說什麼呀，年輕人，為什麼憂鬱的眼神總像有口難言？

「無法平心靜氣地與他交談，這有另一個說來也很自然的後果：我連話都不會說了。本來我大概也不會成為一個偉大的演說家的，但像一般人那樣流暢地說話我該是可以的吧，然而你卻很早就禁止我說話了。從那時候起，你那句威嚇的話『不許回嘴！』以及你那同時高高舉起的手就一直緊緊地伴隨著我。我在你面前變得說話結結巴巴，即使這樣你還受不了，最後我乾脆不說話了。」——卡夫卡《給父親的信》

卡夫卡的憂鬱恐怕不難解讀。他跟父親的恩怨情仇已在信函裡剖白得一清二楚，嚴肅的父親把猶太的威嚴重重壓在他的頭上，挫敗與期待，敏感的靈魂終被壓得垮塌。卡夫卡父親早年開設雜貨店，店名就是Kafka，店標是一隻烏鴉，站在樹枝上，張嘴欲鳴卻又寧靜無語，陰森之氣想不到銘印在兒子身上。

在《給菲莉絲的情書》裡，卡夫卡說自己連開口談戀愛都彷彿有父親在身邊時刻監視，或許，他的父親才是那隻烏鴉；卡夫卡只是那根被雙爪緊緊抓住的樹枝。

樹枝在四十一歲那年，斷了，病逝於療養院，只留下幾部作品和一對深邃的眼睛。

卡夫卡死前吩咐好友把他的作品全部燒毀，好友承諾了，卻又違諾了，所以才有今天的卡夫卡。我認為日後每張印有卡夫卡照片的海報，在角落某處皆應以文字或小圖嗚謝那位朋友。卡夫卡先生應該不會反對。

米蘭昆德拉走在布拉格路上，有何感想？他在這裡花了好幾年學習光陰，寫作之源亦起始於此，但這不是昆德拉的布拉格，至少尚未是。等著吧，你才七十七歲，早呢。到你死後七十七年，這才將是昆德拉之城。一定是。

1 上帝祝福您；德文問候語。
2 您好；捷克文問候語。

橋上沒有卡夫卡

卡夫卡住過的黃金巷擠滿了遊客，窄而矮的大門，可以想像年輕的靈魂當時如何卑躬屈膝地在此出入。每天低頭進出多少次，難怪寫出了《城堡》和《變形記》的侷促鬱悶。作家居住的地方如果不能大如庭院深深以養靈感，便需細小到足以令你打從心底湧起一股屈氣而沒法不用筆墨將之宣泄。不大不小的居所，對作家來說是一種創意的謀殺。

卡夫卡為什麼要求好朋友把他的遺作燒毀？

只有兩種可能性：一是認為自己寫得不夠好，不值得把廢話留於人間；一是認為自己寫得太好了，不屑人間閱讀。前者是憂鬱，後者是狂躁。卡夫卡的精神狀況向來陷於兩極邊緣。所以兩者可能同時成立並且存在。

其實另有一種可能性：卡夫卡早已讀過德文版《道德經》，對老子的無道哲學甚表折服。會否在臨死前，腦海忽然浮現老聃的一張老臉，頓悟了，清楚明白什麼叫做「道可道，非常道」和「大音希聲，大象希形」，於是身體力行，不願留下半句文字。

這種可能性，足供亞洲遊客細細玩味。

既然布拉格內滿目皆見卡夫卡，為什麼查理大橋上沒有呢？我有點不解。

建於十四世紀的查理大橋，一彎圓拱石路頑強地承托了六百年的人間腳步，王朝盛衰，鐵騎烽火，以至於共產政權的興亡，統統如橋下河水無聲逝去，該倒的君王和將領都倒下去了，它卻仍在，往後恐怕還會再有六百年，任何重要的歷史角色在橋上都只是過客，只剩卡夫卡的名字與它相伴而成為布拉格的代表典型。一枝筆，確比一支槍或一根矛更能長存。

所以我是暗暗希望有人能夠裝扮成卡夫卡，頭戴高禮帽，身穿黑長褸，手持木枴杖，在橋上踽踽獨行，憂鬱地從橋頭走到橋尾，再從橋尾走回橋頭。尤其在晚上十二點以後，遊人漸散，查理大橋上亮著幾盞昏黃的燈，三十尊橋墩雕刻在無語守夜，如果能夠偶遇「卡夫卡」，將是非常動人的一場驚喜。

即使聽起來有點cheap，我仍須承認：如果可以付出一百克朗而跟「卡夫卡」合照，我願意。

三十尊雕刻中以「聖路加」最具震撼，完成於十八世紀初，象牙白大理石雕成的十字架，耶穌基督被釘於其上，寬容的眼神似在說：「天父啊請原諒他們，因為他們根本不知道自己在做些什麼。」夜裡，站在橋上，抬頭與這石雕靜靜對望，忽然有點明白自己以後應該做些什麼和不應再做些什麼了。

＊馬家輝，一九六三年生於香港，灣仔長大，傳媒人、專欄作家、文化評論學者。台灣大學心理學系學士，美國芝加哥大學社會科學碩士，威斯康辛大學麥迪遜校區社會學博士，現為香港城市大學中國文化中心助理主任，亦為香港《明報》世紀副刊創意策劃，並主持電台及電視節目。二〇〇八年被《南方人物周刊》評選為年度中國魅力五十人之一。

＊本文節錄自麥田出版《死在這裡也不錯》〈卡夫卡的眼睛〉一文。

變形記
Die Verwandlung

FRANZ KAFKA
卡夫卡

一

一天早晨，葛雷戈．桑姆薩從不安的睡夢中醒來，發現自己在床上變成了一隻大得嚇人的害蟲，硬如鐵甲的背貼著床。他稍稍抬頭，就看見自己的褐色腹部高高隆起，分成許多塊弧形的硬殼，被子在上頭快蓋不住了，隨時可能滑落。和龐大的身軀相比，那許多雙腿細得可憐，無助地在他眼前舞動。

「我怎麼了？」他想。這不是一場夢，他的房間靜臥在熟悉的四壁之間，的確是人住的房間，只是稍微小了一點。桌上攤放著布料樣品——桑姆薩是推銷員——桌子上方掛著一幅畫，是他不久前從一本雜誌裡剪下來的，以漂亮的鍍金畫框裱起。畫中是一名仕女，頭戴毛皮帽子，頸上一圈毛皮圍領，端坐著，朝著看畫之人抬起裹住整個前臂的厚重毛皮手籠。

葛雷戈把視線移向窗外，天色灰暗，雨點滴滴答答打在窗簷上，讓他心情鬱悶。「不如再睡一會兒，把這些蠢事全忘掉。」他想，卻完全辦不到，因為他習慣向右側睡，在目前的情況下卻根本無法翻身。不管他再怎麼使勁往右翻，總是又倒回仰臥的姿勢。他試了大概有一百次，還閉上眼睛免得看見那些踢個不停的腿，直到體側傳來一陣前所未有的隱痛才罷休。

「唉，天哪，」他想：「我挑的行業真是辛苦！日復一日在外奔波，比坐辦公桌累多了。加上旅途勞頓，要擔心車班的銜接，三餐不定，吃的又不好，和人來往總是短暫倉促，沒法持久，永遠也不會真心相待。我受夠了！」他覺得肚皮有點癢，於是背貼著床慢慢往床頭挪，以便把頭抬起來看。他找到發癢的部位，上面布滿了小小的白斑。他弄不清那是怎麼回事，伸出一條腿想去碰看看，卻立刻又縮了回來，那一碰讓他全身打了個寒顫。

他又滑回原來的位置。「這樣早早起床，」他想：「真會讓人發瘋。人需要充足的睡眠。別人出差時過得就像後宮佳麗，上午我已跑完業務返回旅館處理到手的訂單，這些大爺才在吃早點。我要是跟老闆來這一套，當場就會被開除。不過誰知道，那對我來說未嘗不是件好事。若不是為了爸媽，我早就辭職不幹了。我早就走到老闆面前，把心底的話全告訴他。他肯定會從桌子上摔下來！坐在桌子上居高臨下地對員工說話，這作風還真是奇特。再加上老闆重聽，做員工的不得不走到他面前去。再過個五、六年吧，等我存夠了錢，還清爸媽欠他的債務，我就一定這麼做，到時候我就轉運了。不過，眼前我還是得起床，因為火車五點就要開了。」

鬧鐘在櫃子上滴答作響，他一眼望去，暗叫一聲：「我的老天爺！」已經六點半了，而指針仍然平靜地往前走，甚至已經超過六點半，將近六點四十五了。難道鬧鐘沒響嗎？從床上能看見鬧鐘的確是撥到四點，想必已經響過。是啊，可是，在這種足以震動家具的鈴聲下居然會安穩地睡過頭嗎？嗯，其實他睡得並不安穩，但說不定因此睡得更沉。現在他該怎麼辦？下一班火車七點鐘開，要搭上這班車，他得拚命趕才行。樣品還沒裝好呢，他自己也談不上精神抖擻。再說就算趕上這班車，老闆免不了還是會大發雷霆，因為店裡的工友等著他搭五點那班火車，一定早就把他沒趕上車的事呈報上去了。那人是老闆的奴才，沒有骨氣，也沒有頭腦。那麼，請病假如何呢？這樣做不免尷尬而令人起疑，畢竟葛雷戈任職五年以來還不曾生過病。老闆多半會和醫療保險公司的醫生一起來，責怪他父母養出了這麼個懶兒子，仗著醫生的說法反駁他所有的藉口。在那名醫生眼裡，世上根本就只有身體健康但卻懶得工作的人。何況以現在的情況來說，醫生這樣想不也有點道理？除了一陣在久睡之後實在不該有的睡意之外，葛雷戈的確覺得自己滿健康的，甚至還格外飢腸轆轆。

種種念頭在他腦海飛快閃過，他還是沒能下定決心起床。鬧鐘走到六點四十五分，有人小心翼翼地敲著他床頭的門。「葛雷戈，」那人喊，是他母親，「六點四十五了，你不是要出門嗎？」多溫柔的聲音！葛雷戈聽見自己的回答時嚇了一跳，那分明是他的聲音，卻摻雜著一種痛苦的唧唧聲，像是從下面發出來的，難以抑制，使得他說的話只有在剛出口時很清晰，之後就面目全非，讓人不知是否聽錯。葛雷戈本想詳細地回答並說明一切，但在這種情況下只得簡略說聲：「是，是，謝謝媽，我就要起床了。」隔著那扇木門，從外面大概聽不出葛雷戈聲音的改變。母親似乎放下心來，踢踢踏踏地走開了。不過，由於這番對話，家裡其他人注意到葛雷戈居然還在家裡，父親也已經在一扇側門上敲著，下手很輕，但用的卻是拳頭。「葛雷戈，葛雷戈，」他喊道：「怎麼回事？」過了一會兒，他又低聲催促：「葛雷戈！葛雷戈！」妹妹則在另一扇側門外擔心地輕聲問道：「葛雷戈？你不舒服嗎？需要什麼東西嗎？」葛雷戈朝著兩邊答道：「馬上就好了。」同時力求咬字清晰，並在字與字之間停頓許久，藉此消除聲音中所有異常之處。父親也就回去吃他的早飯，但妹妹卻低語道：「葛雷戈，開門，我求求你。」可是葛雷戈根本不想開門，暗自慶幸自己在出差時養成了謹慎的習慣，即便在家，夜裡也總是把所有的門都鎖上。

起初他想不受打擾地靜靜起床，穿好衣服，先吃早飯最要緊，然後再考慮下一步，因為他明白躺在床上胡思亂想是想不出什麼名堂的。就像從前吧，也許是因為睡姿不良，在床上常感到輕微的疼痛，起床後才發現那純粹是心理作用，現在他倒要看看自己今天這番幻覺將如何煙消雲散。聲音的改變不過是重感冒的前兆、推銷員的職業病罷了，對此他毫不懷疑。

掀開被子很容易，只要把身體稍微拱起來，被子就會自然滑落。但是下一步就難了，尤其因為他寬得出奇，原本只需要藉由手臂和手掌把自己撐起來，現在那許多不停向八方舞動的細腿卻不聽使喚。他試圖彎起其中一條腿，這條腿反而伸得筆直。好不容易讓這條腿依他的意思活動了，其餘的腿又像脫韁似地亂踢亂蹬。「千萬別賴在床上無所事事。」葛雷戈對自己說。

起初他想靠下半身下床，但這個他其實還沒見過、也想像不出模樣的下半身實在太過笨重，挪動起來十分緩慢。最後他發瘋似地使盡全力，不顧一切地往前一甩，卻弄錯方向，狠狠撞上床柱下部。他感到一陣灼熱的痛楚，於是明白這下子他的下半身成了全身最敏感的部分。

他遂試著先讓上半身離床，小心地把頭轉向床沿，也輕鬆地做到了，儘管他身寬體重，身體總算也慢慢隨著頭部轉動。可是等他終於把頭懸在床外，卻不敢再繼續往前挪，因為如果讓自己這樣栽下去，得要有奇蹟出現，他的頭才不會受傷。此時此刻他絕不能撞暈過去，寧可還是待在床上。

不過，等他同樣費勁地回復之前的姿勢，嘆著氣，又看見自己的細腿彼此糾纏不休，想不出辦法來維持秩序，他又告訴自己絕不能繼續待在床上，不惜一切地擺脫這張床才是明智之舉，哪怕希望微乎其微。但他同時也沒有忘記，冷靜三思遠勝過情急之下的莽撞決定。此刻他努力集中目光望向窗戶，只可惜入眼那片晨霧實在沒法給人什麼精神和信心，就連狹窄的對街都籠罩在霧裡。鬧鐘又答地響了一聲，「都七點了，」他對自己說：「都七點了，霧還這麼濃。」有那麼一會兒他靜靜躺著，呼吸微弱，彷彿盼望在完全的寂靜中那真實、自然的狀態就會回復。

但他隨即對自己說：「鬧鐘走到七點十五分以前，我非得徹底離開這張床不可。再說到時候公司也會派人來探問我的情況，因為公司在七點前開門。」於是他開始有節奏地把整個身體往床外搖，如果以這種方式掉下床，他打算在跌落時把頭高高抬起，這樣一來頭部多半不至於受傷。背部似乎很堅硬，摔到地毯上大概不會有事。他最擔心的是這一摔必然發出巨響，就算不致引起驚慌，卻會讓每一扇門後的家人擔憂，但是不得不冒這個險。

這種新方法與其說是吃力的工作，倒不如說是一種遊戲，只需要來回搖晃就行了。葛雷戈已經把半個身子伸出床外，突然想到倘若有人來幫他一把，事情該有多麼容易。來兩個強壯的人就綽綽有餘，他想到父親和女傭，他們只需要伸手到他隆起的背下，把他從床上給抬起，再放下他這個重物，最後只要稍待片刻，等他在地板上翻身即可；但願那些細腿屆時能安分一點。嗯，姑且不論門全都鎖著，難道他真該叫人來幫忙嗎？儘管處境堪憂，想到這一點，他還是忍不住微微一笑。

此刻他在大力搖晃時幾乎已經無法保持平衡，馬上就得做出最後的決定，因為再過五分鐘就是七點十五分。這時，公寓的門鈴響了。「是公司的人。」他對自己說，幾乎呆住了，那些細腿舞動得更加急促。有一瞬間毫無動靜，「他們不會去開門。」葛雷戈懷著一絲不切實際的希望自言自語。可是，一如平日，女傭隨即踩著沉穩的步伐去應門。那位訪客一開口打招呼，葛雷戈就知道是誰了，是經理本人。為什麼葛雷戈偏偏得替這樣一家公司工作？只要有一丁點疏忽馬上就招來最大的懷疑？難道所有的員工全是些無賴？難道他們之中就沒有一個盡忠職守，只不過因為早晨有幾個鐘頭沒替公司賣命，就受到良心的譴責，幾乎要瘋狂，簡直下不了床？就算真有需要前來探問，派個實習生來不行嗎？非得要經理親自出馬，藉此昭告無辜的家人，這樁可疑事件唯獨經理才有能力調查？與其說是下定了決心，不如說是這些念頭讓葛雷戈心情激動，他使勁把自己搖下床。落地時發出砰的一聲，但還稱不上巨響，地毯消去了幾分跌落的力道，而背部也比葛雷戈想像中更富彈性，因此只發出一聲不致驚動任何人的悶響。只不過他不夠小心，沒把頭抬好，撞到了頭。他又氣又痛，轉動頭部，蹭了蹭地毯。

「房間裡有東西掉下來了。」經理在左邊的房間裡說。葛雷戈試著想像，類似今天發生在他身上的事，有沒有可能哪一天也發生在經理身上，畢竟這不無可能。此時經理在隔壁房間裡堅定地踱了幾步，漆皮靴子嘎吱作響，彷彿粗魯地回答了這個問題。妹妹從右邊房間裡輕聲向葛雷戈通報：「葛雷戈，經理來了。」「我知道。」葛雷戈喃喃地說，卻沒敢提高音量。

「葛雷戈，」父親在左邊房間裡說：「經理來了，想知道你為什麼沒有搭早班車出發。我們不知道該怎麼對他說，再說他也想親自跟你談一談。請你把門打開，就算房裡凌亂，他也不會見怪。」「桑姆薩先生，早。」經理和氣地喊道。父親還在門邊說話，母親對經理說：「他人不舒服，真的，經理先生，他人不舒服，否則葛雷戈怎麼會沒搭上火車！這孩子腦袋裡就只有公事，晚上從不出門，我看在眼裡幾乎要生氣。這幾天他沒有出差，每天晚上都待在家裡，和我們一起坐在桌旁，不是靜靜地看報，就是研究火車時刻表，用鋼絲鋸做點小東西對他來說就算是消遣了。譬如說他花兩、三個晚上刻出一個小木框，真是漂亮，您一定會大為讚賞。這木框現在就掛在他房間裡，等葛雷戈開了門，您馬上就能看見。我真高興您來了，單靠我們沒法讓葛雷戈開門，他固執得很，而且一定是身體不舒服，儘管他早上說他沒事。」「我馬上就來了。」葛雷戈慢條斯理、深思熟慮地說，卻一動也沒動，唯恐漏聽了他們的談話。「桑姆薩太太，我也想不出什麼別的原因，」經理說：「但願不是什麼嚴重的病。不過話說回來，我們做生意的為了公事，就算有點小毛病往往也只好忍耐，至於這是件好事還是壞事，那就見仁見智了。」「經理先生現在可以進去了嗎？」父親不耐煩地問，又敲起門來。「不行。」葛雷戈說。左邊房間裡一片難堪的沉默，右邊房間裡妹妹開始啜泣。

妹妹為什麼沒和其他人在一起呢？她多半是剛剛起床，連衣服都還沒穿好。她又為什麼哭呢？是因為他沒起床而且不讓經理進來嗎？還是因為他有丟掉工作的危險，而一旦丟掉工作，老闆就會再向父母追討舊債？眼前擔心這些其實都太多餘，葛雷戈還在這裡，一點也沒有想過要拋下家人。此刻他躺在地毯上，家人若是知道他目前的狀況，就不會當真要求他讓經理進來。這麼一點小小的失禮，日後很容易便能找個理由解釋，葛雷戈總不會當場遭到開除。葛雷戈覺得，與其又哭又勸地來煩他，還不如別來打擾他。但其他人就是因為情況不明才著急，他們的舉止情有可原。

「桑姆薩先生，」經理提高了音量喊道：「到底是怎麼回事？你把自己鎖在房間裡，只回答『是』或『不是』，平白讓父母操心，還離譜到——我只是順帶一提——離譜到無故曠職。在此我代表你的父母和老闆，鄭重地請你立刻提出明確的解釋。真想不到，真想不到，我原以為你是個安分、可靠的人，現在卻突然鬧起脾氣。雖然今天早晨老闆向我暗示了你曠職的可能原因，他指的是最近委託你收取的帳款，我當下幾乎拿名譽向他擔保這絕無可能。但現在看見你倔強得莫名其妙，我再也沒有半點興致替你說話了。你的職位並不十分穩固，這些話我本來打算私下對你說，可是既然你白白在這兒浪費我的時間，我想讓你的父母知道一下也無妨。近來你的工作表現不怎麼令人滿意，現在雖然是淡季，可是也不能一整季都做不成生意。桑姆薩先生，這種狀況不容發生。」

「可是，經理先生，」葛雷戈一激動就忘了一切，氣急敗壞地喊道：「我馬上就把門打開。我有點不舒服，頭有點暈，所以起不來。現在我還躺在床上，但是已經有了精神，我這就起床，只要再稍等一下！情況還不如我想像中那麼好，但是已經好多了。一個人怎麼會突然就這樣不舒服！昨天晚上我還好好的，我爸媽也知道，或者應該說，昨晚我已經有了一絲預感，別人應該看得出來我有點不對勁。為什麼我沒有先跟公司說一聲呢！但我總是想，不必請假休息也能撐得過去。經理先生！別為難我爸媽！您對我的指責全都毫無根據，也從來沒人跟我提過半句。也許您還沒看見我送出去的最後一批訂單，還有，我待會兒就搭八點鐘的火車上路，休息了這幾個鐘頭讓我有了體力。您不必在這兒多耽擱，經理先生，我馬上就到公司去。麻煩您替我跟老闆說一聲，也替我向老闆問好！」

葛雷戈急急吐出這一番話，幾乎不知道自己說了些什麼。就在此時，大概是多虧了之前在床上的練習，他輕易地逐漸接近那個櫃子，試圖靠著櫃子把身體直立起來。他真心想開門，想出面和經理談話。他很想知道，大家這麼渴望見到他，一旦見到了又會說些什麼。如果他們嚇呆了，那麼葛雷戈就不再有責任，大可心安理得。如果他們對這一切泰然處之，那麼他更沒有理由大驚小怪，只要動作夠快，的確還能在八點鐘趕到火車站。一開始，他好幾次從光滑的櫃子上滑下來，最後猛一使勁，總算站直了。雖然下身火辣辣地作痛，他也不在意，讓身體就近靠在一張椅背上，細腿緊緊攀住邊緣。他控制住自己的身體，不再作聲，因為現在他能聽聽經理在說些什麼了。

「你們聽懂哪一個字了嗎？」經理問他父母：「他該不是把我們當傻瓜耍吧？」「天哪！」母親哭了起來，喊道：「他也許病得很重，我們卻還在折磨他。葛蕾特！葛蕾特！」她大聲喊。「媽？」妹妹從另一邊喊，母女兩人隔著葛雷戈的房間說起話來。「妳得馬上去找醫生，葛雷戈生病了，趕快去請醫生。妳聽見葛雷戈現在是怎麼說話的嗎？」「那是野獸的聲音。」經理說，和母親的叫喊相比，聲音出奇地輕。「安娜！安娜！」父親隔著前廳向廚房裡喊，拍掌說道：「馬上去找個鎖匠來！」兩個女孩隨即跑著穿過前廳，裙子窸窣作響——妹妹怎麼這麼快就換好衣服了？——猛然拉開了大門。沒聽見關門聲，她們大概就讓門開著，遭逢不幸的人家，大門往往就這樣開著。

葛雷戈的心情卻平靜多了。別人雖然聽不懂他說的話，他卻覺得自己說話夠清楚，比之前清楚，也許是因為聽慣了。不論如何，現在他們總算相信他有點不對勁，而且準備幫他，他們採取這些初步措施時所展現的信心和把握讓他感到欣慰。他自覺又被納入人類的圈子裡，盼望醫生和鎖匠能有了不起的驚人表現；其實二者也沒什麼差別。為了在行將來臨的重要談話中盡可能口齒清晰，他清了清嗓子，但刻意壓低聲音，因為這聽起來很可能已經不像人類的咳嗽聲，而他自覺已無法判斷。隔壁房間裡一片寂靜，也許父母正和經理坐在桌旁竊竊私語，也說不定大家都倚在他門邊偷聽。

葛雷戈攀住椅背，連同椅子一起慢慢向房門移動，在門邊放開椅子，撲向房門，靠著門讓身體保持直立——他的細腿底部有些黏液——在那兒喘口氣休息片刻，然後開始用嘴轉動鎖孔裡的鑰匙。只可惜，他好像沒什麼牙齒——該用什麼來咬住鑰匙呢？——幸好他的下顎很結實，靠著下顎他果然讓鑰匙轉動了。但他沒注意到這麼做弄傷了自己，褐色的液體從他嘴裡流出，順著鑰匙滴在地板上。「你們聽，」經理在隔壁房間說：「他在轉動鑰匙。」這給了葛雷戈很大的鼓舞，包括父母在內，大家其實都該對他喊：「葛雷戈，加油！」「繼續向前，緊緊頂住門鎖！」懷著這番想像，以為大家都聚精會神地在觀察他的努力，他傾全力死命咬住鑰匙。隨著鑰匙的轉動，他也跟著轉，現在全靠嘴讓身體直立。視情形所需，他一下子吊在鑰匙上，一下子藉全身的重量往下壓。門鎖終於啪一聲彈開，那清脆的聲響教葛雷戈感到如夢初醒。他鬆了一口氣，對自己說：「用不著鎖匠了。」他把頭抵在門把上，想把門整個打開。

由於他只能用這種方式開門，門雖然敞開了，別人卻還看不到他。他得慢慢繞著門板轉，而且得十分小心，才不會在走出去之前重重地仰面摔倒。他還在費力地移動，無暇顧及其他，就聽見經理大喊一聲「噢」，聽起來有如風在呼嘯。他看見站得最靠近門的經理伸手摀住張開的嘴，慢慢往後退，彷彿有一股無形的力量牢牢地把他往後拉。母親站在那兒，儘管有經理在場，她仍舊披散著一頭蓬鬆亂髮。她先是合起手掌，看著父親，然後朝葛雷戈走了兩步，跌坐在攤開來的裙子上，把臉深深埋在胸前。父親狠狠地握緊拳頭，似乎想把葛雷戈推回房裡，然後躊躇不安地環顧客廳，雙手蒙著眼睛哭了起來，結實的胸部隨之顫動。

如此一來，葛雷戈不踏出房門了。他倚著兩扇門板中固定住的那一扇，躲在門板後頭。從外面只看得見他半個身子和側向一邊的頭，他歪著頭偷偷瞄向其他人。此時天色漸亮，對街那排看不見盡頭的灰黑色房屋有一截清晰可見，是間醫院，正面是一排整齊的窗戶。雨還在下，顆顆分明的大雨滴逐一掉落地面。桌上擺著早餐餐具，數量極多。對父親來說，早餐是一天當中最重要的一餐，他一邊閱讀各家報紙，一頓早飯可以吃上幾個小時。正對面的牆上掛著一張葛雷戈服役時的照片，他身穿少尉軍服，手按佩劍，笑得無憂無慮，姿勢與制服令人萌生敬意。通往前廳的門打開了，由於大門也敞著，可以看見公寓門口和下樓樓梯的頭幾階。

「嗯，」葛雷戈心下明白自己是唯一保持鎮靜的人，說道：「我馬上就穿好衣服，裝好樣品，搭車出發。怎麼樣？你們讓不讓我出發呢？經理先生，現在您該知道我並不頑固，而且樂於工作。出差固然辛苦，但是不出差我就活不下去。經理先生，您要去哪裡？回公司嗎？對吧？您會如實報告一切嗎？誰都可能暫時無法工作，而這正是回顧他過去表現的大好時機。何況一旦排除了障礙，日後他將會更加兢兢業業。我對老闆非常感激，這一點您很清楚，再說我要養家，不能不顧爸媽和妹妹。現在我身處困境，但我會努力脫困，請別讓我的處境雪上加霜，回到公司請替我說幾句好話！我知道大家都不喜歡推銷員，都以為推銷員賺進大把鈔票，生活愜意，人們從來沒有認真檢討過這種成見。可是經理先生，您比其他員工更了解這種情形。讓我私下告訴您，您比老闆還更有概念，身為企業家，他很容易就會做出對一名員工不利的誤判。您也很清楚，推銷員幾乎整年都不在公司，容易成為閒言閒語、偶發事件和不實指控的犧牲者。對於這一點，推銷員根本防不勝防，因為當事人往往一無所知，要等他筋疲力盡地出差回來，才會親身感受到惡果，而原因已無法追究。經理先生，您先別走，至少回我一句話，讓我知道您至少同意我說的話有一小部分是正確的！」

然而，葛雷戈才開口，經理已轉過身去，嘴也合不攏，顫抖著肩膀回過頭來看葛雷戈。葛雷戈說話時，他絲毫沒有停下腳步，而是一邊盯著葛雷戈，一邊退向門口，但動作很慢，彷彿有一道不准離開房間的神祕禁令。他已經到了前廳，倏地把腳抽離客廳，讓人以為他剛剛燙到了腳跟。他從前廳朝著外頭的樓梯伸出右手，彷彿有一個超自然的救星在那兒等他。

葛雷戈明白，若不想危及自己在公司的職位，絕不能讓經理在這種情緒下離開。父母對這一切並不清楚，多年來他們漸漸認定葛雷戈能在這家公司做一輩子，再加上此刻他們只顧得到眼前的煩惱，根本無法預見未來。可是葛雷戈能預見未來，他一定得把經理給留住，加以安撫和說服，力求搏得他的好感。葛雷戈和全家人的未來全繫於此！要是妹妹在這兒就好了！她很懂事，葛雷戈還平靜地躺著時，她就已經哭了。而且她想必能轉移經理這個花花公子的注意力，或許她會關上客廳的門，在前廳裡勸他不要驚慌。可是妹妹偏偏不在，葛雷戈必須自己應付。他沒考慮到如今他的身體究竟該怎麼活動，也沒考慮到別人可能還是聽不懂他說的話，甚至是鐵定聽不懂，只顧放開門板擠過門洞，想朝經理走過去。經理雙手牢牢抓住公寓門口的欄杆，模樣滑稽。葛雷戈才一動立刻就摔了下來，他設法尋找支撐，那許多細腿在他的輕聲尖叫中著了地。這麼一來，腳踩到了實地。在這天早晨，他頭一次感到通體舒暢，還高興地發現那些細腿完全聽從指揮，甚至熱切地想負載他去任何想去的地方，他以為一切苦難即將結束。可是當他放慢腳步，搖搖晃晃地在離母親不遠處正對著她趴在地板上時，剛才看起來好像在發呆的母親猛然一躍，伸長了雙臂，十指張開，大喊：「救命！老天爺，救命啊！」她偏著頭，似乎想把葛雷戈看得更清楚些，可是又矛盾地不自覺往後退，忘了擺著早餐的桌子就在她身後。她退到桌邊，失魂落魄地一屁股坐了下去，好像根本沒發現咖啡正從她身旁那個打翻了的大壺汩汩流出，流到地毯上。

「媽，媽。」葛雷戈輕聲說，仰頭看著她，瞬間把經理完全給忘了，可是看見流出來的咖啡，他不禁咂咂嘴。母親見狀再次尖叫，逃離了桌子，投入朝她迎面趕來的父親懷裡。然而葛雷戈此刻無暇顧及父母，經理已經走下樓梯，下巴抵著欄杆，回過頭來看最後一眼。葛雷戈疾走了幾步想追上他，經理想必有所預感，於是三步併作一步，跳下好幾級階梯，不見蹤影了。「唉唷！」他的叫喊聲還在整個樓梯間裡迴盪。經理這一跑，似乎把到目前為止還算鎮定的父親給弄糊塗了，他非但沒有去把經理追回來，或者至少不要妨礙葛雷戈去追，反而以右手抄起經理連同帽子和外套一起留在沙發上的手杖，左手從桌上拿起一大張報紙，一邊跺腳，一邊揮動手杖和報紙，把葛雷戈趕回他的房間去。葛雷戈怎麼懇求都沒用，怎麼懇求都沒人懂，儘管他低聲下氣地轉過頭去，父親卻更大力地跺腳。在另一邊，母親不顧天寒，打開了一扇窗戶，探出身子，雙手摀住探出窗外的臉。樓梯和走廊之間颳起一陣風，掀起了窗簾，桌上的報紙沙沙作響，有幾張被吹到地板上。父親步步進逼，毫不留情，嘴裡發出噓聲，像個野人。可是葛雷戈還根本沒練習過後退，笨手笨腳移動得很慢。假如允許葛雷戈掉個頭，他馬上就回到他房間裡了，可是他擔心浪費時間轉身會讓父親不耐煩，而且父親手中的木杖隨時可能往他背上或頭上敲下致命的一擊。然而葛雷戈最後還是不得不掉頭，因為他驚慌地發現他在倒退時連方向都掌握不了，於是他一邊惴惴不安地不斷斜眼瞄向父親，一邊伺機盡快掉頭，實則動作還是很慢。父親也許明白了他這樣做是出於善意，不但沒有加以干擾，反而還不時以手杖的尖端遙遙地指揮他轉身。要是父親別發出這種令人難受的噓聲就好了！

噓聲讓葛雷戈心慌意亂。他幾乎已經掉過頭去，因為一直注意聽這噓聲竟弄錯了方向，又轉回來一些。好不容易順利把頭對準房門，卻發現他的身體太寬，一下子還進不去。父親此刻一心一意只想著要葛雷戈盡速回房，當然絕對想不到要去把另一扇門板打開，好讓葛雷戈有夠寬的通道。他也絕不會容許葛雷戈大費周章地讓自己直立起來，好以這種方式通過房門。父親無視於葛雷戈眼前的障礙，提高了嗓門催他向前，聽起來好像不再只是父親一個人的聲音。這下子真不是開玩笑的，葛雷戈於是不管三七二十一擠進門裡，身子的一側豎了起來，他斜臥在門中，側腹整個擦傷了，在白色的門上留下難看的污漬。他旋即卡住，單靠自己動彈不得，一邊的細腿懸在半空中顫抖，另一邊的則壓在地板上疼痛難當，父親猛然從後面給了他一擊，確實使他得以解脫，他血流如注，飛身跌落在房間深處。父親以手杖砰地把門關上，屋裡終於安靜下來。

二

直到黃昏，葛雷戈才從近似昏迷的沉睡中醒來。就算沒人打擾，他也會在不久之後醒來，因為他實在是睡飽了。不過他覺得自己之所以驚醒似乎是由於一陣匆促的腳步聲，還有通往前廳的門被小心關上的聲音。街燈蒼白的光線疏疏落落地照在天花板和家具上，但下方葛雷戈所在之處一片陰暗。他慢慢向門口挪動，略顯生疏地用他剛學會珍惜的觸角摸索著，想看看那裡發生了什麼事。他的左半身宛如一道長疤，不舒服地綳緊，他只能靠那兩排細腿瘸著走。一條細腿在上午的事件中受了重傷——只傷到一條腿簡直是個奇蹟——這條腿此刻病懨懨地垂在身後。

到了門邊他才明白究竟是什麼吸引他過去，原來是食物的氣味。那兒放著一個盆子，裝滿甜牛奶，上面浮著切碎的白麵包。他高興得差點笑出來，因為他比早上還要飢腸轆轆，立刻就把頭浸在牛奶裡，差點沒淹到眼睛。可是他隨即又失望地把頭縮回來，不單是因為他那礙事的左半身讓他吃東西很不方便，得要氣喘吁吁地全身一起配合，而是因為他根本不喜歡牛奶的味道了，雖然牛奶本是他最喜歡的飲料，而妹妹想必也是出於這個原因才替他把牛奶放在那裡。他幾乎覺得噁心地撇下了那個盆子，爬回房間中央。

葛雷戈從門縫看見客廳裡點著煤氣燈，平常這個時候父親習慣高聲朗誦下午出刊的報紙給母親聽，偶爾也讀給妹妹聽，此時卻聽不見一點聲音。不過，他妹妹經常談到並在信中提起的這種朗讀也許在前些日子就已經擱置。四周一片寂靜，雖然家中肯定有人。「家人的生活還真是安靜。」葛雷戈自言自語地凝視著眼前的黑暗，又對能讓父母和妹妹在如此漂亮的公寓裡過著這等生活而感到自豪。可是，如果所有的寧靜、富裕和滿足就這樣驟然結束，又會如何呢？為了揮開這些念頭，葛雷戈覺得自己最好動一動，便在房間裡爬來爬去。

漫長的夜裡，兩扇側門各有一次被打開了一條細縫，隨即又迅速關上，多半是有人想進來，卻有太多顧慮。葛雷戈此時停佇在通往客廳的門邊，決心設法把那個猶豫不決的訪客給請進來，至少要弄清楚那人是誰。但門沒被打開，葛雷戈的期待也落空了。這天早晨當每扇門都鎖著時，大家全想進來見他；如今他打開了一扇門，其餘幾扇門顯然也從白天開到現在，卻沒有人要進來了，連鑰匙都改從外面插上。

夜深了，客廳的燈光才熄，可想而知父母和妹妹一直沒睡，因為三個人踮著腳尖離開的聲音清晰可聞。這下在天亮以前不會再有人到葛雷戈這兒來，他可以好整以暇地靜靜思索該如何重新安排生活。可是，他無奈地匍匐在地，挑高的空曠房間讓他害怕，他也不明白原因何在，畢竟這是他住了五年的房間。他不自覺地轉身，匆匆鑽進沙發下，不無一絲慚愧。儘管背部微受壓迫，頭也抬不起來，他卻頓時覺得十分舒適。唯一的遺憾是他的身體太寬，沒法全部塞進沙發下。

整整一夜他都待在那裡，半睡半醒，不時餓得驚醒，滿懷憂愁和模糊的希望。但憂愁也好，希望也罷，最後只有一個結論：現在他得保持冷靜，以耐心和最大的體諒對待家人，協助他們度過他目前的情況勢必造成的不便。

黎明時分，天色仍暗，葛雷戈就得到機會來檢驗他剛才所下的決心有多堅定，因為妹妹從前廳打開了門，她幾乎已經穿戴整齊，緊張地向房裡張望。她沒有馬上看到他，等到發覺他在沙發下——唉，他又不能飛走，總得找個地方待呀——受驚之餘，不由自主又砰地把門從外面關上。不過，她似乎後悔自己這麼做，立刻再把門打開，踮著腳尖走進房裡，彷彿裡面住著病重之人，甚至是個陌生人。葛雷戈把頭探到沙發邊上觀察她。她會不會注意到牛奶還在？能不能明白這並不代表他不餓？會不會帶來更適合他的食物？除非她主動發現，他情願餓死也不去提醒她，雖然他心中其實有股莫大的衝動，想從沙發下飛奔而出，拜倒在妹妹跟前，求她拿點好吃的來。不過，妹妹很快就愕然發現那個盆子還是滿的，只有少許牛奶灑了出來，她隨即拿起盆子端了出去，但並非直接用手，而是用一塊抹布墊著。葛雷戈相當好奇，不知道她會改拿什麼食物來。他左思右想，做了種種猜測，但怎麼也猜不到好心的妹妹會怎麼做。為了試探他的口味，她帶來了各式各樣的食物供他選擇，全都攤放在一張舊報紙上。有半腐爛的蔬菜，有晚餐剩下的骨頭，裹著已凝結的白色醬汁，還有幾顆葡萄乾和杏仁、一塊兩天前葛雷戈聲稱難以下嚥的乳酪、一塊乾麵包、一塊奶油麵包，再加上一塊塗了奶油也撒了鹽的麵包。她把那個大概從此就屬葛雷戈專用的盆子擱在旁邊，裡面裝了水。她知道葛雷戈不會當著她的面進食，旋即出於體貼離開了，甚至轉動鑰匙鎖上門，好讓葛雷戈知道他可以隨心所欲、舒舒服服地用餐。葛雷戈往食物走去，他的細腿颼颼前行，傷口似乎也痊癒了。他活動自如，覺得十分驚訝，想起一個多月前手指受了一點刀傷，直到前天都還在作痛。「莫非我現在變遲鈍了？」他想，一邊貪婪地吸吮那塊乳酪，在所有的食物中，這塊乳酪最先強烈地吸引了他。一樣接一樣，他很快地吃掉了乳酪、蔬菜和醬汁，滿足地噙著淚水。那些新鮮的食物他反倒覺得不好吃，就連氣味都難以忍受，因此還把他想吃的食物拖開一點。他吃完了東西好一會兒，懶洋洋地躺在原地，此時妹妹緩緩轉動鑰匙，示意他該迴避了。儘管他已經昏昏欲睡，仍頓時驚醒過來，趕緊回到沙發下。然而待在沙發下需要很大的自制力，即便只是妹妹在房裡的短短時間，因為在那頓豐盛的大餐之後，他的身體鼓了起來，在那個窄小空間裡幾乎無法呼吸，幾度透不過氣。他那雙略微凸出的眼睛看著毫不知情的妹妹拿著掃帚，把吃剩的食物連同那些葛雷戈碰都沒碰的食物掃成一堆，彷彿這些一概吃不得了。葛雷戈看著她急忙把東西全倒進一個桶子裡，蓋上木蓋提了出去。她才一轉身，葛雷戈就從沙發底下鑽出來，舒展身體。

就這樣，葛雷戈如今天天有飯吃，早上一次，那時爸媽和女傭還沒起床；第二次則是在大家吃完午飯之後，這時爸媽也要小睡一會兒，女傭則被妹妹打發去辦點事。想來他們也不希望葛雷戈餓死，至於他吃了什麼，聽聽就好，他們大概無法忍受親眼目睹。也可能是妹妹不想讓他們難過，哪怕只是一丁點憂傷，因為他們所受的折磨已經夠多了。

至於在第一天上午家人用了什麼藉口打發醫生和鎖匠，葛雷戈根本無從得知，因為別人聽不懂他說的話，所以沒有人想到他聽得懂別人說的話，就連妹妹也沒想到。於是，妹妹在他房裡時，他只聽見她的嘆息和她對神明的祈求。後來，等她對這一切稍微習慣了——當然不可能完全習慣——葛雷戈才會偶爾聽見一兩句出於善意的話，或者說是能解釋成出於善意的話。如果葛雷戈把食物吃得一乾二淨，她會說：「今天的東西倒是很合他胃口。」情形相反時，她就會有點難過地說：「又統統剩下來了。」而這種情形日益頻繁。

雖然葛雷戈無法直接得知什麼消息，卻從隔壁房間偷聽到一些話。只要一聽到有人說話，他就馬上跑到門邊，整個身體貼在門上。尤其剛開始的時候，幾乎每次談話多多少少都和他有關，哪怕只是暗中提及。整整兩天，家人用餐時都在商量該怎麼辦，三餐之間談的也是同一個話題。不論何時，至少會有兩名成員在家，想來是沒有人願意單獨在家，而家裡又絕不能沒有人。廚娘在第一天就跪下來央求母親讓她離職，即刻生效。至於她對所發生的事究竟知道多少，這一點並不清楚。她在十五分鐘之後告別，流著淚感謝得以離開，彷彿這家人施予她莫大的恩惠，並在沒有人要求她的情況下，立下重誓絕不會向任何人透露一絲一毫。

如今妹妹得和母親一起下廚，不過這並不吃力，因為大家幾乎什麼也吃不下。葛雷戈一再聽見有人白費心思地勸另一人多吃點，而得到的回答不外是「謝謝，我吃飽了」。飲料大概也沒有人喝了，妹妹常問父親要不要喝啤酒，還自告奮勇要去買，見父親默不作聲，為了讓父親安心，又說她也可以請門房太太代勞。但最後父親斬釘截鐵地說了聲「不要」，大家遂不再提起此事。

第一天，父親便已向母親及妹妹說明了家中的財務狀況和前景。他不時從桌旁站起來，從小保險箱裡拿出一張憑據或一本簿冊，那個保險箱是五年前他公司倒閉時倖存下來的，葛雷戈聽得見他打開那把複雜的鎖，取出要找的東西，然後再度鎖上。父親這番說明有一部分是葛雷戈被囚禁之後聽到的第一個好消息。他一直以為那家公司耗盡了父親的財產，至少父親沒否認過，而葛雷戈也不曾問他。當年父親事業失敗，全家人陷入絕望，葛雷戈一心只想竭盡所能，讓家人盡快忘記不幸，因此格外熱忱地投入工作，幾乎一夜之間就從小伙計變成了推銷員，自然而然有了完全不同的賺錢機會，而工作成果立刻就以佣金的形式化為現金，可以拿回家放在桌上，讓家人又驚又喜。那是一段美好時光，之後再也不曾重現，至少沒有這麼輝煌，儘管葛雷戈後來賺的錢足以負擔全家開銷，他也確實承擔了家計。家人和葛雷戈都已習以為常，家人感激地接過錢，他也樂意拿錢回來，但這之中卻不再有特別的溫情。只有妹妹和葛雷戈還算親近，不同於葛雷戈，妹妹喜歡音樂，拉得一手動聽的小提琴，他私底下計畫要送妹妹進音樂學院，雖然這要花一大筆錢，但他會設法籌措。葛雷戈暫時回到城裡時，經常跟妹妹提起音樂學院，但一向只當做是一個不可能實現的美麗夢想，至於爸媽則連這種隨口提提的話都不太想聽，不過葛雷戈心意已定，打算在聖誕夜鄭重宣布此事。

當他豎起身體，貼在門旁偷聽，這些以他的現況而言毫無用處的念頭在他腦海閃過。有時候他因為太累而無法專心聆聽，一不小心頭就磕在門上，但立刻又把頭拉直，因為發出的聲響雖小，在隔壁卻聽得見，使大家頓時沉默下來。過了一會兒，父親顯然轉身向著門說：「他又在搞什麼？」隨後大家才慢慢重拾中斷了的談話。

由於父親在說明時往往一再重複，一來是因為他已經很久沒去管這些事了，二來是因為母親不見得只聽一次就能聽懂，如今葛雷戈已充分了解，儘管生意失敗，昔日的財產還是略有剩餘，雖然數目很小，但加上這段時間裡不曾動用的利息也稍有增加。此外，葛雷戈按月拿回家的錢——他自己只留下一點零用——也沒有全部花掉，攢成了一筆小小的資金。葛雷戈為這種出乎他意料的謹慎和節儉感到高興，在房門後頻頻點頭。他本來可以用這筆餘錢把父親欠老闆的債再還掉一些，這樣一來，他能辭掉工作的日子就會更早來臨，不過現在看來，父親的安排無疑更妥當。

然而，要讓一家人靠利息過日子，這筆錢絕對不夠，也許能維持家計一年，頂多兩年，就只有這麼多。換言之，這筆錢其實不能動用，得留著以備不時之需，過日子的錢得另外去賺。父親固然身體健康，卻已年邁，五年來不曾工作，肯定不能過度操勞；他一生勞碌，卻並無成就，這五年是他這一生首度休息，在這段時間裡他胖了很多，變得行動遲緩。年邁的母親患有氣喘病，光是在家裡走一圈都嫌吃力，每兩天就有一天因為呼吸困難而整日開著窗躺在沙發上，難道要她去賺錢？十七歲的妹妹還是個孩子，理應讓她享受一直以來的生活方式，穿得漂漂亮亮，睡到日上三竿，幫忙做點家事，從事一些花費不大的消遣，她還要拉小提琴呢，難道要她去賺錢？家人一談起賺錢的必要，葛雷戈就會離開門邊，撲倒在門旁冷冷的皮沙發上，由於羞愧、傷心而渾身發熱。

他往往就趴在那兒度過漫漫長夜，徹夜不眠，接連幾個鐘頭磨蹭著皮面。有時他不嫌麻煩地把一張椅子推到窗前，然後爬上窗台，靠著椅子憑窗而立，顯然只是在回憶昔日臨窗眺望的那種自由舒暢，因為只要稍微有點距離的景物在他眼前都一天比一天模糊。從前他討厭老是看見對面的醫院，現在則根本看不見了，若非他清楚知道自己住在市區靜巷的夏洛蒂街，他會以為窗外一片荒蕪，灰色天空和灰色的大地連成一片，無法區分。細心的妹妹只不過有兩次看見椅子立在窗邊，之後每次整理完房間就把那張椅子再推到窗前，甚至從此讓內窗敞著。

假如葛雷戈能和妹妹說話，為了她不得不替他做的一切謝謝她，他就能比較坦然地接受她的協助，然而像現在這樣的景況卻讓他很痛苦。妹妹雖然力求減輕葛雷戈的尷尬，時間愈久，她也愈得心應手，但於此同時，葛雷戈也把一切看得更為透徹了。她走進房間後的表現就能把葛雷戈嚇壞。她一向留心不讓任何人看見葛雷戈，儘管如此，她一踏進房間，顧不得關門就直奔窗邊，好像快窒息了，雙手慌張地拉開窗戶，天氣再冷也會在窗邊佇留片刻，大口深呼吸。

葛雷戈每天都要被這樣的奔跑和聲響嚇到兩次，她在房裡的時候，葛雷戈都在沙發下發抖，心裡卻明白，假如她能夠關起窗戶和葛雷戈共處一室，定然不會讓他忍受這番驚嚇。

有一次，大概在葛雷戈變形一個月之後，妹妹其實已經沒有理由再為葛雷戈的外表吃驚，她來得比平常早了一點，剛好看見葛雷戈嚇人兮兮地直立著，一動也不動地從窗口向外望。假如她不進來，葛雷戈也不會覺得意外，因為他所站的位置讓妹妹無法馬上把窗戶打開。可是她不僅沒有進來，甚至還退回去關上了門，看在陌生人眼裡，簡直會以為葛雷戈埋伏在那裡想伺機咬她一口。葛雷戈當然馬上躲到沙發下，可是一直等到中午，妹妹才又再來，而且樣子比平常緊張得多。由此可見，她仍然無法忍受看見他，也許永遠無法忍受，也看得出來她勢必得發揮超凡的意志力克制自己，才不至於一看見他就逃跑，哪怕只是瞧見他從沙發底下露出來的一小塊身體。為了讓妹妹連這一小塊身體也不必看見，有一天葛雷戈把床單扛在背上，拖到沙發上，這足足花了他四個小時。他把床單鋪成能將他完全遮住，妹妹就算蹲下來也看不見他。假如她覺得沒這個必要，大可以把床單拿開，因為對葛雷戈而言，這樣完全把自己封住當然不是什麼享受，這一點應該顯而易見。可是她就讓床單留在那兒，有一次葛雷戈小心翼翼地撐著頭，把床單稍微掀起來，想看看妹妹對這番新安排有何反應，他甚至覺得看見了一抹感激的眼神。

最初兩個星期，爸媽都不敢進房來看他，而他常聽見他們對妹妹現在的表現大加嘉許，從前他們卻常生妹妹的氣，覺得她是個沒用的女孩。如今妹妹在葛雷戈房裡打掃時，爸媽常在門外守候，等她一出來，就要她一五一十地敘述房間裡的情形。葛雷戈吃了什麼？這一回他情況如何？是否有好轉的跡象？母親倒是早就想進來探望葛雷戈，可是父親和妹妹提出種種理由，勸她不要去。葛雷戈豎起耳朵傾聽，也深表同意，到了後來他們得強力把她拖住。她會大喊：「讓我去看葛雷戈！我可憐的兒子！你們難道不明白我非去看他不可嗎？」這時葛雷戈就會想，也許還是讓母親進來比較好。當然不是每天，但也許每星期一次。母親畢竟比妹妹能幹，妹妹雖然勇敢，終究只是個孩子，而且說穿了，她也許只是由於少不更事才擔下這麼艱鉅的任務。

葛雷戈想見母親的願望很快就實現了。白天裡，葛雷戈單是因為顧慮到爸媽就不願在窗前露面，然而在只有幾平方公尺的地板上卻爬不了多遠。靜靜地趴著吧，連在夜裡他都覺得難以忍受，吃東西對他來說很快就毫無樂趣可言，於是為了解悶，他養成了在牆壁和天花板上爬來爬去的習慣。他特別喜歡攀在天花板上，這和趴地板完全不同，可以更自由地呼吸，一股微微的震盪穿過全身。當葛雷戈在那上頭，沉浸在簡直稱得上幸福的放鬆之中，有時他會出乎自己意料地鬆開腿，啪一聲跌落下來。不過比起之前，現在他當然更能掌握自己的身體，即使從那麼高的地方摔下來也能毫髮無傷。妹妹很快就發現了葛雷戈的新消遣——爬行時他會在四處留下黏液的痕跡——於是打定主意要讓葛雷戈有更大的空間爬行，想把妨礙他的家具搬走，尤其是櫃子和書桌，可是單靠她自己卻辦不到。她不敢去請父親幫忙，女傭想必也不會伸出援手，在之前那個廚娘辭職以後，這個大約十六歲的女孩雖然勇敢地留了下來，卻請求准許她隨時鎖上廚房門，只在有人喊她時才打開。因此妹妹別無他法，只有趁父親不在時去請母親來幫忙。母親也興高采烈地來了，到了葛雷戈的房門口卻默不作聲。妹妹當然先檢查過房間裡是否一切正常，才讓母親進去。葛雷戈急忙把床單再拉低一點，弄出更多的縐褶，看起來果真就像一條隨意扔在沙發上的床單。這一回葛雷戈也沒有從床單下偷窺，沒打算這一次就能見到母親，只是高興她終於來了。「進來吧，看不到他的。」妹妹說，顯然牽著母親的手。接著葛雷戈聽見這兩個弱女子在挪動那個實在笨重的舊櫃子，也聽見妹妹不顧母親的告誡，始終想承擔大部分的工作，母親則擔心妹妹會過度勞累。她們搬得很慢，大概過了十五分鐘，母親說還是把櫃子留在這裡算了，一來櫃子太重，若在父親回來之前搬不走，留在房間中央就會堵住葛雷戈所有的路，二來也根本無法確定把家具搬走是否真幫了葛雷戈的忙。顯然母親覺得搬動後的情形正好相反，看到那空空的牆壁讓她心裡難受，而葛雷戈難道沒有同感嗎？畢竟他早已習慣了這些家具，在空蕩蕩的房間裡不免覺得孤單。「而且這樣一來，」母親小聲地做了結論，幾乎像在耳語，她並不知道葛雷戈此刻究竟在哪兒，也深信他聽不懂她說的話，但似乎是一點動靜都不願讓他聽見。「而且這樣一來，我們豈不像是藉著搬走家具來表示我們對他不抱任何好轉的希望了，狠心地任由他自生自滅？我認為最好是保持原樣，這樣一來，葛雷戈重新回到我們身邊時才會覺得一切不曾改變，也就更容易忘記這段期間所發生的事。」

聽了母親這番話，葛雷戈明白到，這兩個月來不曾與人交談，加上生活單調，他多半是神智不清了。否則他怎會希望把房間騰空？難道他真想讓人把這間擺著祖傳家具的舒適房間變成一個洞穴嗎？在洞穴裡他固然能通行無阻四處爬行，但卻也得迅速、徹底地忘記自己身為人類的過去，此刻他已經差點忘記這件事了，是母親的聲音喚醒了他，這聲音他好久不曾聽見。什麼也不該搬走，一切都得維持原狀，他不能缺少家具對他產生的良好影響，如果說家具妨礙了他漫無目的地到處爬行，那也算不上損失，而是一大優點。

可惜妹妹的看法不同，說到和葛雷戈有關的事，她已經習慣了在父母面前擺出專家的姿態。當然她這麼做也不無道理，因而此刻面對母親的建議，妹妹偏要堅持己見。原先她只打算搬走櫃子和書桌，現在則想搬走所有家具，僅留下那張不可或缺的長沙發。她之所以想這麼做，當然不止是出於孩子氣的執拗和近來意外贏得的自信，而是確實看出了葛雷戈需要寬敞的空間來爬行，那些家具又似乎根本用不到。當然，喜好幻想的少女情懷也起了一點作用，這種情懷一觸即發，此刻葛蕾特在這種情緒的牽引下，想把葛雷戈的情況變得更嚇人，以便能替他做更多事情。因為除了葛蕾特之外，大概沒有人敢進去一個四壁空空如也、由怪蟲葛雷戈所獨占的房間。

因此，她不容許母親動搖她的決心，而母親在這間房裡也由於不安而顯得缺乏自信，旋即不再作聲，盡力幫忙妹妹把櫃子搬出去。嗯，萬不得已時，葛雷戈可以不要這個櫃子，但書桌非留下不可。母女兩人才氣喘吁吁地推著櫃子出了房門，葛雷戈就從沙發下探出頭來，想看看該如何謹慎而周全地出手干預。不巧的是，偏偏是母親先回來，葛蕾特還在隔壁房間裡，獨自抱住那個櫃子，將之搖來晃去，卻無法移動分毫。母親沒看慣葛雷戈的樣子，說不定會嚇出病來，於是葛雷戈慌忙後退到沙發的另一頭，但已阻止不了床單前端微微晃動，而引起母親的注意。她停下腳步，靜立片刻，然後回到葛蕾特那兒去。

儘管葛雷戈一再告訴自己，事情沒什麼大不了，不過是挪動幾件家具罷了，但也不得不承認，母女兩人這樣走來走去，輕聲呼喚，再加上家具在地板上摩擦的聲音，就像一場大混亂從四面八方向他襲來。他緊緊縮著頭和腳，身體貼地，不由得對自己說，他再也無法忍受了。她們要把他的房間清空，拿走他心愛的一切，裝著鋼絲鋸和其他工具的櫃子已經被搬出去，此刻她們正在挪動那張已牢牢陷入地板中的書桌，他讀商學院、中學、甚至小學時都在那張書桌前做功課。此時他再也無暇細細體會母女兩人的一片好意，況且他幾乎忘了她們還在，因為她們筋疲力盡，不再作聲，只剩下沉重的腳步聲。

於是他鑽了出來——此時母女兩人正在隔壁房裡，倚著那張書桌稍做休息——四度變換方向，不知道該先搶救哪一樣。他看見那張一身皮草的仕女畫像醒目地掛在那幾乎已經空無一物的牆上，便急忙爬上去緊貼著玻璃，玻璃吸住了他，他熱呼呼的肚子覺得很舒服。至少葛雷戈此刻完全遮住的這幅畫誰也拿不走吧。他把頭轉向客廳的門，想看著母女兩人回來。她們只休息了一會兒就回來了，葛蕾特以手臂環住母親，幾乎像是抱著她走。「現在我們該搬哪一樣呢？」葛蕾特邊說邊環顧四周，頓時與在牆上的葛雷戈四目相接。大概是因為母親在場，她力持鎮定，轉過臉去面向母親，想防止母親四處張望。葛蕾特不及多想，顫抖著聲音說：「來，我們先回客廳一下，好不好？」葛雷戈很清楚葛蕾特的用意，她想把母親帶到安全的地方，然後再把葛雷戈從牆上趕走。哼，儘管試試看！他趴在畫上，寧可撲上葛蕾特的臉，也不把畫交出去。

可是葛蕾特的話反而讓母親不安，她走到一旁，瞥見印花壁紙上那個巨大的褐色斑點，還沒意識到她看見的是葛雷戈，就聲音沙啞地喊道：「噢，天哪！

噢，天哪！」她張開雙臂，彷彿徹底絕望，倒在沙發上，一動也不動。「葛雷戈！你……」妹妹掄起拳頭，惡狠狠地看著他。自從他變形以來，這是她第一次直接對他說話。她跑到隔壁房間，想去拿瓶精油，幫助暈過去的母親醒過來，葛雷戈也想幫忙——要搶救那幅畫有的是時間——但他已牢牢黏在玻璃上，得使勁才能掙脫。接著他也跑到隔壁房間去，以為能給妹妹出點主意，就像從前一樣，結果卻只能無所事事地站在她身後。妹妹在瓶瓶罐罐中翻找，一轉身又嚇了一跳，一個瓶子掉在地上，摔破了，碎片劃破葛雷戈的臉，某種具腐蝕性的藥水流淌在他身邊。於是葛蕾特不再逗留，盡她所能地拿了一堆小藥瓶，跑到母親那兒去，腳一踢關上了門。就這樣葛雷戈和母親分處兩室，由於他的錯，母親也許生命垂危。妹妹必須待在母親身邊，如果不想嚇跑她，他就不能開門。此時除了等待，別無他法。受到自責和憂慮的煎熬，他開始在牆壁、家具和天花板上爬來爬去，最後覺得整個房間繞著他旋轉起來。在絕望之中，他跌落在那張大桌子的中央。

葛雷戈無力地躺在那兒好一會兒，四周靜悄悄的，這也許是個好兆頭。門鈴響了，女傭自然是把自己鎖在廚房裡，葛蕾特得去開門。父親走進來，衝口就問：「出了什麼事？」葛蕾特的神情大概已經透露一切，她顯然把臉埋在父親胸前，悶聲回答：「媽媽剛才昏了過去，不過現在好多了。葛雷戈跑了出來。」「這早在我意料之中，」父親說：「我早就跟妳們說過，可是妳們這些女人家就是不聽。」葛雷戈知道父親把葛蕾特簡短的說明往壞的方面想，以為葛雷戈做出了什麼暴行，遺憾的是他既沒有時間也沒有辦法向父親解釋，只能想辦法平息父親的怒氣。於是他逃到自己房間門口緊貼著門，讓父親一從前廳進來就能看見他一心想馬上回房去，這表示無需趕他，只要把門打開，他就會消失無蹤。

然而父親沒有心情去注意這種微妙的暗示，一進來就喊了聲「啊！」彷彿又喜又怒。葛雷戈從門邊縮回頭，抬起頭來面向父親，很意外父親竟是此刻站在那裡的這幅模樣。不過，由於最近他只顧著爬來爬去，沒像從前一樣關心家裡所發生的事，應該料想得到家中情況已有變化。話雖如此，這果真還是父親嗎？還是從前那個人嗎？從前葛雷戈動身出差時，父親還困倦地縮在床上；傍晚葛雷戈回家時，他身穿睡袍坐在椅子上迎接他，根本站不起來，只抬抬手臂表示高興。一年當中，全家人難得有幾次在星期天和重要節日一起散步，葛雷戈和母親走得已經夠慢了，走在他們之間的父親還要更慢。他裹著舊大衣，小心翼翼地伸出枴杖，費力地向前移動，每逢有話要說，幾乎總是停下腳步，讓同行的人聚攏在他身邊。然而此刻他卻站得很挺，身穿一件筆挺的藍色制服，鑲著金色的鈕釦，像是銀行工友的穿著。外套衣領又高又硬，突顯出厚實的雙下巴。濃眉之下，一雙黑眼睛炯炯有神，平日散亂的白髮一絲不苟地梳成油亮的旁分髮型。帽子上有金色的字母縮寫，大概是一家銀行的標誌。他把帽子一扔，撩起制服外套的長下襬，雙手插在褲袋裡，滿臉怒色地朝葛雷戈走過去，帽子呈一道弧形飛過整個房間，落在沙發上。父親大概也不知道自己打算做什麼，但卻把腳抬得特別高，鞋跟之巨大讓葛雷戈吃了一驚。但葛雷戈並沒有多想，從他開始新生活的第一天，他就知道父親認為對他只宜採取最嚴厲的態度。於是他從父親面前跑開，父親站住不動他便停下。父親稍微動一下，他便急忙往前跑。他們就這樣在房間裡繞了好幾圈，沒發生什麼大不了的事。由於速度緩慢，看起來並不像一場追逐，於是葛雷戈暫時留在地板上，再說他也擔心自己若是逃到牆壁或天花板上會被父親視為罪加一等。然而葛雷戈不得不承認就連這樣跑他也快撐不下去了，因為父親走一步，他就得爬不知多少步，爬得上氣不接下氣，而他的肺一向不怎麼中用。他就這樣踉踉蹌蹌、集中全副力量奔竄，幾乎連眼睛都沒睜開，遲鈍到只知道逃跑，根本沒想到還有別的辦法自救，也忘了他隨時能爬上牆去，只不過此處的牆壁被做工講究、有稜有角的家具給擋住了。就在此時，一樣東西飛過來，微微旋轉，落在他身邊，滾到他眼前。那是一顆蘋果。第二顆隨即向他飛來，葛雷戈嚇呆了，停下腳步，再跑也沒有用，因為父親已經下定決心要轟炸他。父親把餐具櫃上水果盤裡的蘋果裝滿口袋，一個接一個地扔，並未特別瞄準地亂丟一通。這些紅色小蘋果彷彿帶了電，在地板上滾動，互相碰撞。一顆投擲力道不強的蘋果擦過葛雷戈的背，沒傷到他就滑了下去，緊接著飛來的一顆卻幾乎嵌進他背裡。葛雷戈想掙扎向前，彷彿以為一旦換個地方，這種突如其來的劇痛就會消失，可是卻好像被釘住了，六神無主地癱在那兒。他最後一瞥，看見他房間的門猛然打開，母親跑出來，後面跟著尖叫的妹妹。母親只穿著襯衣，因為妹妹替她脫掉了衣服，好讓她在昏迷時能順暢呼吸。葛雷戈看見母親朝父親跑去，被解開的襯裙一件接一件滑落在地，絆住了她。她就這樣跌跌撞撞衝向父親抱住他，兩人合而為一——此時葛雷戈的視覺已然失靈——她的雙手抱著父親的後腦，求他饒了葛雷戈一命。

三

葛雷戈受了重傷，吃了一個多月的苦。那顆蘋果因為沒人敢拿走，仍然嵌在肉裡，成了怵目驚心的紀念。就連父親似乎也因此想起葛雷戈畢竟是家中成員，就算他目前形貌醜惡可憐，也不該待他如敵人，而應善盡家人的義務，嚥下嫌惡之情，容忍再容忍。

受傷的葛雷戈也許再也不能靈活行動，眼前他像個傷兵一樣，不知得花上多少分鐘才能從房間的這一頭爬到那一頭，往高處爬則根本不可能。儘管如此，在他看來，自身情況的惡化卻得到了充分的補償，亦即每到傍晚時分，通往客廳的門就會打開，而他常在一、兩個小時前就密切注意那扇門的動靜。門開後，他躺在自己房間的暗處，從客廳裡看不見他，他卻能看見家人坐在燈下桌旁，還能傾聽他們談話。現在家人算是默許他的存在，他不需要像先前那樣偷聽了。

然而，昔日的談笑風生已不復見。從前，在旅館窄小的房間裡疲憊地鑽進潮濕的被窩時，葛雷戈常常懷著渴望思念家中和樂融融的情景。如今家人多半很沉默，吃過晚飯不久，父親就在沙發上睡著了，母親和妹妹互相提醒對方別出聲。母親在燈下彎著腰，替一家時裝店縫製精緻內衣。妹妹找到了售貨員的工作，利用晚上學習速記和法文，以便將來能謀得更好的職位。有時父親醒過來，似是根本不知道自己已經睡了一覺，對母親說：「妳今天又縫了這麼久！」說完又睡著了，母親和妹妹則疲倦地相視一笑。

父親脾氣固執，在家裡也不肯脫掉那身工友制服。睡袍掛在衣鉤上無用武之地，他則穿戴得整整齊齊，在座位上打瞌睡，彷彿隨時準備去上班，即使在家裡也等候上司差遣。如此一來，不管母親和妹妹再怎麼費心，他那身原本就非簇新的制服還是愈來愈髒。葛雷戈常常整晚望著這套污漬斑斑的衣服，上面的金色鈕釦卻因經常擦拭而閃閃發光，年邁的老父就穿著這身衣服，毫不舒適卻十分平靜地睡著。

時鐘一敲十點，母親便輕聲細語設法叫醒父親，勸他上床睡覺。在沙發上畢竟睡不安穩，父親六點就要上班，需要睡個好覺。自從他當了工友以來就固執得很，總是堅持要在桌邊多待一會兒，儘管他頻頻打瞌睡，得費九牛二虎之力才能說動他從沙發移到床上。然而不管母親和妹妹再怎麼好言相勸，他總要慢慢搖上十五分鐘的頭，閉著雙眼，就是不站起來。母親扯他衣袖，在他耳邊說些好話，妹妹也放下功課過來幫忙。可是這對父親毫無作用，他在沙發裡坐得更牢了。直到母女倆伸手到他腋下要架起他，他才睜開眼睛，看看母親，又看看妹妹，往往開口說：「這就是人生，這就是我晚年的清福。」然後在母女倆的攙扶下站起來，頗費周章，彷彿他就是自己最沉重的負擔。他讓母女倆扶他到門口，示意要她們回去，獨力繼續往前走，但母親和妹妹還是擱下各自的活兒，追上父親，繼續助他一臂之力。

在這個家裡人人操勞過度、疲倦不堪，除了非做不可的事之外，誰還有時間來多照顧葛雷戈一點呢？家庭開支日益緊縮，終於辭退了女傭，換成一個高大瘦削、滿頭蓬亂白髮的老媽子早晚各來一次，負責最粗重的工作，其餘家務都由母親在縫紉之餘一併承擔。從前母親和妹妹在外出和節慶時開心配戴的那些家傳首飾也變賣了，由於晚上大家談起賣得的價錢，葛雷戈於是得知此事。不過，家人最頭痛的還是沒法搬出這棟以目前的情況來說太大的公寓，因為實在不知如何搬動葛雷戈。但是葛雷戈看得出來，有礙遷居的不僅僅是對他的顧慮，畢竟只要找一個合適的箱子，鑽幾個透氣孔，就能輕易把他運走。阻礙家人搬遷的主要原因其實是那種徹底的絕望：想到在所有的親戚故舊當中，沒有人遭受和他們一樣的不幸打擊。窮人在世間所需承受的一切，他們已盡力擔起。父親替銀行裡的小職員買早餐，母親辛辛苦苦為陌生人縫製內衣，妹妹聽從顧客的使喚在櫃台後來回奔忙，這已經是家人所能做到的極限了。待母親和妹妹把父親送上床，回到客廳，放下工作，挨坐在一起，臉貼著臉，母親指著葛雷戈的房間說：「去把門關上吧，葛蕾特。」等葛雷戈再度置身於黑暗中，母女倆在隔壁一起流淚，或是欲哭無淚地凝視著桌子，葛雷戈背上的傷口就似乎又陣陣作痛。

葛雷戈幾乎無眠地度過日日夜夜。有時候他想，等門再打開，他就要像從前一樣挑起家計的擔子。過了這麼久以後，他又想起老闆和經理、店員和學徒、那個反應遲鈍的工友、在別家公司任職的兩三位朋友、鄉下一家旅館裡打掃房間的女服務生（那是一段甜蜜的短暫回憶）、一家帽子店的收銀小姐（他認真追求她，但慢了一步），這些人和陌生人或業已遺忘的人一起浮現腦海。他們全都表情冷漠，無意幫助他和他的家人。當他們從眼前消失時，葛雷戈反倒高興。然而有時候他又完全沒有興致替家人操心，只因沒受到妥善照顧便滿腹怨氣。雖然他想不出自己會對什麼東西有胃口，卻仍然計畫潛入食物貯藏室裡，拿走他理應享有的東西，就算他根本不餓。如今妹妹已絲毫不費心去想什麼東西能討葛雷戈歡心，而是每天早上和中午趁上班前隨便找點吃的，匆匆以腳推進葛雷戈房裡，到了晚上，再拿掃把一揮，把食物掃出去。那食物也許只被嚐了幾口，往往根本動也沒動，但她一概不管。如今她都在晚上打掃他的房間，也總是草草了事，牆上出現一道道骯髒的條紋，到處都是成堆的灰塵和穢物。起初葛雷戈會在妹妹進來時跑到這類特別骯髒的角落，藉此表示指責之意。但就算他在那兒窩上幾個星期，妹妹也不改善。其實她跟他一樣看見那兒很髒，但是打定主意不予理會。然而另方面，她又認定葛雷戈的房間歸她所管。不僅如此，她最近脾氣格外暴躁，全家人皆遭池魚之殃。有一回母親在葛雷戈的房間大掃除，只用了幾桶水就大功告成，可是水氣讓葛雷戈很不舒服，他攤開身子趴在沙發上，心中怨恨，一動也不動。母親更因此嚐到苦頭，晚上妹妹一發現葛雷戈房裡的改變，就滿臉委屈地跑進客廳放聲大哭，不理會舉起雙手哀求的母親。

爸媽先是詫異而無奈地看著她哭，父親吃驚得從沙發上跳了起來，隨後按捺不住，朝站在右邊的母親責怪她為什麼不留給妹妹打掃，又朝立於左邊的妹妹大吼，說從此不准她再去清理葛雷戈房間。母親想把激動得失控的父親拉進臥室，妹妹哭得全身發抖，攢起一雙小拳頭捶著桌子。葛雷戈則氣得嘶嘶叫，氣憤居然沒有人想到把門關上，省得他目睹這場鬧劇。

其實就算妹妹上班累得筋疲力盡，無心像從前一樣照顧葛雷戈，也犯不著由母親來代勞，葛雷戈更無須受到冷落，因為家裡現在有了那個老媽子。這名上了年紀的寡婦在長長的一生中大概是靠著身強力壯熬過苦難艱辛，對葛雷戈並無嫌惡之感。有一次，她打開了葛雷戈的房門，並非出於好奇，只是碰巧。葛雷戈嚇了一跳，四處亂竄，雖然沒有人追趕他。看見此情此景，她把雙手交叉在身前，吃驚地站在原地。從此她每天早晚都會把門打開一條縫，匆匆向葛雷戈瞥一眼。一開始她還會以自認為友善的話喚他過去，像是「過來一下，老糞蟲！」或是「瞧瞧這隻老糞蟲！」葛雷戈置若罔聞，一動也不動地待在原處，彷彿門根本沒有打開。與其讓老媽子這樣無聊地來打擾他，為什麼不乾脆吩咐她每天來打掃他的房間呢？有一天清晨，一陣大雨敲打著窗玻璃，也許是春天即將來臨的前兆，當那個老媽子又開始囉唆，葛雷戈被激怒了，轉身面向她，狀似準備攻擊，只是動作遲緩無力。老媽子並不害怕，只不過把放在門邊的一張椅子高高舉起，張大嘴巴站在那兒，看那架勢，顯然是要等手中的椅子砸到葛雷戈背上，她才打算合上嘴巴。待葛雷戈再度轉身，她問道：「怎麼樣？不敢過來了嗎？」這才鎮定地把椅子放回角落。

如今葛雷戈幾乎什麼也不吃了，只在湊巧經過替他準備的食物時，好玩似地往嘴裡送一口，含上幾個鐘頭，然後往往又再吐掉。起初他以為是房間的現狀令他難過，因而食不下嚥，實則他對於房間的改變很快便釋懷了。眾人已經養成習慣，把別處放不下的東西堆到這裡來，而這樣的東西現在很多，因為家人把一個房間租給了三位房客，葛雷戈有一次從門縫中看見這三人都留著大鬍子。三位嚴肅的先生非常講究整潔，不僅是他們的房間，既然他們已經住了進來，便要求整個家裡井然有序，尤其是廚房。他們受不了無用乃至於骯髒的雜物，再說他們自己帶來了一大半家具，因此許多東西變得多餘，既不能變賣，也捨不得扔掉，就全進了葛雷戈的房間。廚房裡的煤灰箱和垃圾箱也一樣，凡是眼前用不著的東西，一向匆匆忙忙的老媽子就隨手往葛雷戈房裡一扔，還好葛雷戈通常只看見那樣東西和拿著那樣東西的手。老媽子也許原本是想找機會再把這些東西拿走，或乾脆一次把所有東西處理掉，但事實上這些東西往往就留在當初第一次被扔進來的地方，完全不管葛雷戈在這堆雜七雜八的物品間迂迴前進多麼難以移動。起初葛雷戈如此迂迴爬行是不得已的，已經沒有能讓他自由行進的地方了。後來他卻逐漸樂在其中，儘管他在這樣的漫遊之後累得半死而且悲從中來，隨後又是幾個小時動也不動。

由於那幾位房客偶爾也會在共用的客廳裡吃晚飯，有些晚上客廳的門便始終關著。葛雷戈並不十分在乎，反正有些晚上門雖然開著，他也沒加以利用，只是趴在房間最暗的角落，家人也並未察覺。可是有一回老媽子把通往客廳的門打開了一點，房客在晚上走進來亮起燈時門仍舊開著。他們坐在桌子前端從前父親、母親和葛雷戈所坐的位子，打開餐巾拿起刀叉。母親隨即在門口出現，端著一碗肉，妹妹緊跟在後，端著一碗堆得高高的馬鈴薯。這些食物熱氣騰騰，房客朝著擺在他們面前的碗彎下身子，似乎想在食用前先檢查一下，而坐在中間、似是三人之首的那一位果真把一塊還在碗裡的肉切開，顯然是想確認煮得夠不夠爛，該不該再送回廚房去。待他覺得滿意，緊張地在旁注視的媽媽和妹妹才鬆了一口氣，微笑起來。

家人則改到廚房用餐。儘管如此，父親在進廚房之前先到客廳來，帽子拿在手裡鞠個躬，繞著桌子轉一圈。房客則全都站起來，喃喃地說幾句話，聲音從鬍子底下傳出來。等到客廳裡只剩下他們三個，他們便幾乎不發一言地吃飯。葛雷戈覺得奇怪，從吃飯時發出的種種聲響中，總是一再聽見他們的咀嚼聲，彷彿在向葛雷戈表明吃東西得用到牙齒，沒有牙齒的下頷再怎麼漂亮也無濟於事。「我想吃東西，」葛雷戈抑鬱地自言自語：「但不是那些東西。像這幾位房客這種吃法，我準會沒命！」

葛雷戈不記得在這段期間聽見過小提琴的琴聲，而就在這一晚，琴聲在廚房響起。房客已經吃完晚餐，中間那位拿出一份報紙，遞給另外兩位一人一張，三個人靠在椅子上看報，一邊抽著菸。當小提琴開始演奏，他們豎起了耳朵，踮著腳尖站起來，走向通往前廳的門，在那兒擠成一堆。廚房裡的家人想必是聽見了他們的動靜，父親喊道：「是琴聲打擾各位了嗎？我們可以馬上停止。」「正好相反，」中間那位先生說：「這位小姐想不想到客廳來演奏？這裡寬敞舒適多了。」「哦，好的。」父親高聲說，好像拉小提琴的人是他。三位先生回到客廳等候，沒多久父親拿著譜架，母親拿著樂譜，妹妹拿著小提琴一起來了。妹妹沉著地為演奏做準備，爸媽因為以前沒當過房東，對房客禮貌得過了頭，連自己的沙發都不敢坐。父親靠在門上，右手插在制服外套的兩個鈕釦中間；母親則坐在一把房客拿給她的椅子上，那位先生隨手把椅子一擺，母親也沒有再加以移動，就這樣坐在遠遠的角落裡。

妹妹開始演奏，父親和母親各從一邊專注地看著她拉琴的動作。受到琴聲吸引，葛雷戈壯起膽子往前走了一點，頭已經伸進客廳。變形後的他本來處處替別人著想，也為此深感自豪，最近卻不太在乎，甚至對自己的莽撞習以為常了。然而，現在他才更有理由躲起來，由於他房裡到處都是灰塵，稍微動一下就四處飛揚，連他也沾得渾身都是。拖著背上和體側的頭髮、線頭和食物殘渣到處爬，如今他對這一切都無動於衷，不再像從前那樣每天好幾回躺下來，磨蹭地毯把背擦乾淨。此時，即使以他現在這副模樣，他也能毫無顧忌地往前踩上客廳一塵不染的地板。

不過，倒也無人注意他。家人完全被琴聲吸引，至於那三位房客，起初把手插在褲袋裡，站在妹妹的譜架後面，站得太近了，幾乎能看見樂譜，對妹妹來說勢必是種干擾。但沒多久他們便輕聲說話，低著頭，退到窗邊，之後就待在那兒，父親則擔心地看著他們。此刻看起來確實好像他們原以為會聽見一場優美動聽的小提琴演奏，這會兒卻失望了，彷彿已經厭倦這場表演，只是基於禮貌才繼續忍受這擾人清靜的琴聲。尤其是他們把雪茄煙從口鼻往空中吐出的樣子，讓人覺得他們很不耐煩。可是妹妹其實演奏得十分動聽，她的臉側向一邊，順著一行行樂譜往下看，目光專注而悲傷。葛雷戈又往前爬了一點，頭緊貼地板，希望能接觸到她的目光。難道他是隻野獸嗎？音樂怎會對他有如此魔力？他覺得似乎有一條路在他面前展開，通往他渴望已久、不知名的食糧。他決定要到妹妹跟前，扯一下她的裙子，向她暗示不如帶著小提琴到他房裡來，因為這兒沒有人像他一樣欣賞這場演奏。他再也不想讓她離開他的房間，至少在他還活著時不想。他的恐怖模樣終將派上用場，他要同時守衛他房間的每一扇門，向侵入者怒吼。妹妹留在他身邊則不該是出於被迫，而應該出於自願，她該在沙發上坐下、坐在他身邊，豎起耳朵聆聽。他想告訴她，他本已打定主意要送她進音樂學院，若非出了這件不幸，早在去年聖誕節——聖誕節應該已經過了吧？——他就已向大家宣布此事，不顧任何反對。聽完這番說明，妹妹會感動得熱淚盈眶，葛雷戈會直起身子，到她肩膀的高度，吻她的脖子。自從她去店裡上班，就沒有圍絲巾或穿高領，而讓頸子露在外面。

「桑姆薩先生！」中間那位房客向父親喊，食指指著緩緩前進的葛雷戈，沒有多說一句話。小提琴的聲音戛然而止，中間那位房客先是搖搖頭，對他的朋友笑了笑，隨後又望向葛雷戈。父親似乎覺得先安撫房客要比趕走葛雷戈來得要緊，雖然那幾位先生根本不緊張，似乎覺得葛雷戈比小提琴演奏更有趣。父親急忙向他們跑過去，張開雙臂想把他們推回他們的房間裡，同時想用自己的身體擋住他們投向葛雷戈的視線。此刻他們倒真有點惱怒，不知道是由於父親的舉止，還是由於他們恍然大悟原來隔壁房間裡住的居然是像葛雷戈這樣的鄰居。他們要求父親解釋，也舉起手臂，不安地捻著鬍子，緩緩退回他們的房間。此時，在演奏被驟然打斷後恍惚失神的妹妹回過神來，她垂下的雙手仍拿著小提琴和琴弓，雙眼則繼續看著樂譜，彷彿仍在演奏中。此刻她驀地打起精神，把樂器擱在母親懷裡，往隔壁房間跑去。三位房客在父親的催促下加速回房，母親則由於呼吸困難，仍坐在椅子上。被子和墊褥在妹妹訓練有素的雙手下翻騰，那幾位先生還沒進到房間裡，她已經把床鋪好，溜了出來。父親似乎又犯了頑固的毛病，忘了對房客應有的尊重，只是一個勁兒地催趕，直到中間那位房客在房間門口重重跺腳，父親才停下腳步。「我鄭重宣布，」房客說著舉起一隻手，向母親和妹妹看了一眼：「基於這間公寓和這個家庭裡令人作嘔的情況，」說到這裡，他狠狠地往地板上啐了一口：「我要立刻解除租約。至於已經住了的這幾天，我當然也不會付半毛錢。不但如此，我還要考慮要不要向你索賠。信不信由你，我很容易就能找到理由來要求賠償。」他不再說話，直視著前方，像在等待什麼。他的兩個朋友果然立刻插進話來說：「我們也馬上退租。」此話一出，中間那位先生就握住門把，砰一聲關上門。

父親步履踉蹌，雙手摸索著回到他的椅子旁，跌坐下去，看似如平日晚上一般伸展四肢準備小睡，但他的頭點個不停，顯然不是在睡覺。這段時間裡，葛雷戈始終靜靜趴在那三位房客發現他的地方，無力動彈，也許是由於計畫失敗而感到失望，也許是因長期挨餓而變得虛弱。他心中有種不祥的預感，擔心眾人的怒氣在下一瞬間就會一股腦地宣洩在他身上，他屏息以待。小提琴在母親顫抖的手指下自她懷中滑落，發出了震耳的聲響，但就連這聲音也沒有嚇著他。

「親愛的爸媽，」妹妹說，拍了一下桌面當作開場，「這樣下去是不行的。就算你們還看不出來，我已經看出來了。我不想在這隻怪物面前說出哥哥的名字，所以只說：我們得擺脫這東西。我們已經盡力照顧牠，容忍牠，算是仁至義盡了，我想誰也不能對我們有半點指責。」

「說得對極了。」父親喃喃自語。母親仍在喘氣，眼神錯亂，摀著嘴巴，悶聲咳了起來。

妹妹急忙跑到母親身邊，扶住她的額頭。聽了妹妹這番話，父親似乎興起什麼念頭。房客用過晚餐後，碗盤還留在桌上。父親坐直身子，在碗盤之間把玩他的制服帽子，偶爾望向安靜的葛雷戈。

「我們得設法擺脫牠，」現在妹妹只對著父親說，因為母親在咳嗽，什麼也聽不見。「牠會要了你們的命，我能看見這個結局。我們都已經得這麼辛苦地工作，沒法再在家裡忍受這種無盡的折磨。我再也受不了了。」她嚎啕大哭起來，眼淚落在母親臉上，她木然地伸手將之擦去。

「孩子啊，」父親深有同感地說，諒解之情溢於言表：「可是我們該怎麼辦？」妹妹卻只聳聳肩膀，表示一籌莫展。剛才她還意志堅決，如今在哭泣中卻沒了主意。

「如果他聽得懂我們的話……」父親半帶著詢問的口吻說，妹妹一邊哭一邊用力擺擺手，表示這根本不可能。

「如果他聽得懂我們的話，」父親又說了一次，閉上眼睛，認可妹妹認為此事絕無可能的想法：「也許我們還能和他達成某種協議，可是像現在這樣……」

「他得離開這兒，」妹妹喊道：「爸爸，這是唯一的辦法，你只要別再以為牠是葛雷戈就行了。我們的不幸就在於這麼久以來我們一直相信牠是葛雷戈，但牠怎麼可能是呢？假如牠是葛雷戈，牠早該看出人類不可能跟這樣一隻動物一起生活，早就自動離開了。那樣我們就沒有了哥哥，但卻能生活下去，會想念他。

可是這隻動物卻在迫害我們，牠趕走了房客，顯然想占據整間公寓，讓我們露宿街頭。爸爸，你看，」她突然大叫：「牠又來了！」葛雷戈完全不明白她何以如此恐慌。她甚至從母親所坐的椅子旁一躍而起，好離他遠一點兒，彷彿寧願犧牲母親，也不願待在葛雷戈身邊。她慌張地跑到父親身後，父親由於妹妹的舉止而情緒激動地站了起來，在她身前半舉起雙臂，像是要保護她。

可是葛雷戈壓根沒想過要嚇唬誰，更別說要嚇唬妹妹。他純粹是轉身想回房裡去，只不過這動作很引人注目，因為他身上有傷，要轉身很困難，不得不靠頭部來幫忙，幾度把頭抬起又撞向地板。他停下來，環顧四周。大家似乎看出他其實一片好意，只驚慌了一下，此時都悲傷地默默看著他。母親伸直併攏的雙腿，癱坐在扶手椅上，由於疲憊，幾乎閉上了眼睛。父親和妹妹並排坐著，妹妹摟著父親的脖子。

「現在我該可以轉身了吧？」葛雷戈心想，開始繼續努力。他壓抑不住因為費力而發出的喘息聲，偶爾也得稍作休息，反正沒有人催他，一切由他作主。

當他完成了轉身的動作，立刻筆直地往回爬，很驚訝自己距離他的房間竟然這麼遠，不明白以他的虛弱剛才怎能不知不覺走了這麼長一段路。他一心只想趕快爬，幾乎沒注意到家人一句話也沒說，沒發出任何呼叫來干擾他。等他到了房門口，這才轉過頭去，雖然他覺得脖子僵硬，沒有完全轉過去，但還是看見在他身後一切都沒有改變，只有妹妹站了起來。他最後朝母親望了一眼，她已經睡著了。

他才進房間，門就被匆匆關上，上了閂，鎖住了。身後這陣突如其來的聲響把葛雷戈嚇得腿都軟了。這樣匆匆忙忙的是妹妹，她早已站起來等，輕巧地往前一躍，葛雷戈根本沒聽見她走過來。她一邊轉動鎖孔中的鑰匙，一邊向父母喊道：「好不容易！」

「現在呢？」葛雷戈自問，在黑暗中環顧四周。很快他便發現自己完全動彈不得，對此他並不訝異，反倒覺得截至目前為止居然能用這些細腿走動有違自然。除此之外他其實覺得很舒服，雖然全身疼痛，那疼痛卻似乎逐漸在減輕，終將完全消失，幾乎已經感覺不到背上那顆腐爛的蘋果和周圍蒙著柔軟塵土的發炎部位。他帶著滿心的感動和愛想起家人，甚至比妹妹更加堅信自己應該消失。他就這樣內心空洞而情緒平靜地沉思著，直到凌晨時分鐘敲了三下。他瞥見窗外天色開始轉亮，然後不由自主地垂下頭，從鼻孔中呼出最後一絲微弱的氣息。

清晨時，老媽子來了。因為力氣大，性子又急，她總是用力關上每一扇門，不管別人再怎麼拜託她別這麼做。從她一來，整間公寓裡的人就別想好好睡覺。她跟平常一樣先去看看葛雷戈，起初沒發現什麼異狀，以為他故意一動也不動地躺在那兒，裝出一副受委屈的樣子；她相信他其實大有頭腦。因為她手裡剛好拿著一把掃帚，就試著從門邊伸出掃帚去搔葛雷戈的癢。當這樣做也不起作用時，她發火了，往葛雷戈身上戳了戳，直到她在毫無阻力的情況下把他推離了原來的位置，她才警覺起來。她很快就明白事情的真相，睜大眼睛，吹了聲口哨，但沒有多做停留，一把拉開臥房的門，扯著嗓子往黑暗中喊：「快來看哪，牠蹺辮子了，牠躺在那兒，完完全全地蹺辮子了！」

桑姆薩夫婦從床上坐起，得先克服老媽子造成的驚嚇，才能理解她在嚷嚷什麼。隨後桑姆薩夫婦急忙各自下床，桑姆薩先生把毯子披在肩上，桑姆薩太太只穿著睡衣，兩人就這樣走進葛雷戈的房間。此時客廳的門也打開了，自從那幾位房客搬進來後，葛蕾特就睡在客廳裡，她已經穿戴整齊，似乎根本沒睡，蒼白的臉孔像是也證明了這一點。「死了？」桑姆薩太太邊說邊抬起頭，帶著詢問的表情看著老媽子，雖然她自己就能檢驗這一切，甚至無需檢驗也看得出來。「我想是的。」老媽子說，用掃帚把葛雷戈的屍體再往旁邊遠遠推開作為證明。桑姆薩太太動了一下，彷彿想拉住那支掃帚，但卻沒這麼做。「嗯，」桑姆薩先生說：「現在我們應該感謝上帝。」他在胸前畫了個十字，三個女人也照做。葛蕾特的目光始終沒有離開那具屍體，說道：「你們看，他好瘦！他好久沒吃東西了，送進來的食物總是又原封不動地拿出去。」大家現在才發現，葛雷戈的身體確實又乾又癟，因為不再有那些細腿支撐。房裡除了屍體，也沒有別的東西轉移大家的視線。

「來吧，葛蕾特，到我們這兒來一下。」桑姆薩太太說，露出一絲憂傷的微笑。葛蕾特跟在父母身後走進臥室，邊走邊回頭望向那具屍體。老媽子關上門，把窗戶整個打開。儘管還是一大清早，清新的空氣中已帶有幾分暖意，畢竟已經三月底了。

三位房客從房間裡走出來，環顧四周，沒看見他們的早餐，很驚訝大家把他們給忘了。「早餐在哪兒？」中間那位先生不高興地問老媽子。她卻把手指擱在嘴上，無聲地匆匆向那幾位先生示意，要他們到葛雷戈的房裡來。他們也就來了，雙手插在已有點舊的外衣裡，圍著葛雷戈的屍體站著，房間裡已經大亮。

此時臥室的門開了，只見桑姆薩先生穿著制服，一手挽著妻子，另一手挽著女兒。三個人看起來都哭過，葛蕾特不時把臉貼在父親胳臂上。

「請各位馬上離開我的公寓！」桑姆薩先生說，指著大門，並未鬆開母女倆。「這是什麼意思？」中間那位先生說，有點愕然，臉上帶著假笑。另外兩位房客把手放在背後，不停地搓著，像是樂見一場結局必然對他們有利的激烈爭吵。「我的意思很明白。」桑姆薩先生說，在母女倆的陪伴下筆直地朝那位房客走去。對方起初默默站著，看著地板，彷彿事情正在他腦中形成一種新秩序。隨後他說：

「那我們就走了。」語畢抬眼望向桑姆薩先生，彷彿突然變得謙卑，渴望這個決定獲得批准。桑姆薩先生只是睜大眼睛，向他微微點了點頭。接著那位先生果真邁開大步往前廳走，他的兩個朋友已經不再搓手地聆聽了好一會兒，此刻緊跟在他身後，簡直是用跳的，彷彿害怕桑姆薩先生會比他們先進入前廳，阻撓他們與領袖之間的聯繫。在前廳，三個人都從掛鉤上取下帽子，從手杖架裡抽出手杖，默默欠了欠身，離開了公寓。懷著一種其實毫無理由的不信任，桑姆薩先生和母女倆走到公寓門口，靠在欄杆上，看著那三位先生走下長長的樓梯，雖然走得很慢，卻一直往下走。每到一層樓，他們的身影便在樓梯間的轉角暫時隱沒不見，倏忽又再度出現。他們抵達的樓層愈低，桑姆薩一家人對他們的興趣也就愈發消退。當一個肉鋪伙計頭上頂著籃子，昂首闊步地面向他們爬上樓梯，隨後越過他們繼續往上爬，桑姆薩先生和母女倆就離開了欄杆，一起回到公寓，似是如釋重負。

他們決定今天一天就只要休息和散步，他們不僅是理應休假，甚至可謂迫切需要一些調劑。於是他們在桌旁坐下，寫了三封請假信。桑姆薩先生寫給管理部門，桑姆薩太太寫給下訂單的客戶，葛蕾特寫給老闆。寫著寫著，老媽子進來了，說她早上的工作已經做完，現在要走了。三個人起初只是點點頭，沒有抬眼看她，直到發現那老媽子仍無意離去，才有人生氣地抬起頭來。「怎麼了？」桑姆薩先生問。老媽子面帶微笑，站在門邊，像是要告訴這家人一個天大的喜訊，只不過要等到有人問個究竟時她才要說。她帽子上有一小根鴕鳥羽毛，幾乎豎著，她在此工作期間桑姆薩先生始終看這根羽毛不順眼，此時這羽毛朝四方輕輕搖晃。「妳究竟有什麼事呢？」桑姆薩太太問，在這家人當中，老媽子最尊敬的還是她。「這個嘛！」老媽子答道，開懷大笑得沒法馬上往下說。「關於隔壁那東西該怎麼弄走，你們不必操心，我已經處理好了。」桑姆薩太太和葛蕾特朝她們所寫的信低下頭，像是想繼續往下寫。桑姆薩先生發覺老媽子打算詳細敘述一切，果決地伸出手作勢制止。既然別人不讓她說話，她就急著要走，儼然一副被得罪的樣子，一邊喊道「那再見了」，一邊猛地轉身，砰一聲把門關上，離開了公寓。

「晚上就把她辭退。」桑姆薩先生說，但是妻子和女兒都沒有回話，因為老媽子似乎又擾亂了她們才平靜下來的心情。她們站起來，走到窗邊，摟著彼此，就這樣站在那兒。桑姆薩先生從椅子上轉過身去面朝她們，默默看了好一會兒，然後喊道：「過來吧，過去的事就讓它過去，妳們也該稍微顧念到我。」母女倆立刻聽從了，急忙朝他走過去，摟摟他，很快地把信寫完。

一家三口隨後相偕離開公寓，搭電車到郊外去，他們已經好幾個月沒這麼做了。溫暖的陽光灑進車廂，裡面只有他們三個人。他們舒服地靠在椅背上，商量著未來的前景，結果發現仔細想想，一家人的前景並不差。迄今他們還根本不曾詳細問過彼此的工作情形，而三個人的工作其實都不錯，尤其是將來還大有前途。眼前最能夠輕易改善他們處境的當然就是搬家，比起現在這間當年由葛雷戈所找的公寓，他們想換一間小一點、便宜一點的。但位置要更方便，整體說來要更實用。他們一邊聊著，桑姆薩夫婦看著愈來愈活潑的女兒，幾乎同時發現這段時間以來女兒已經出落成一個美麗豐滿的少女，儘管種種辛苦煩惱讓她臉色蒼白。他們沉默下來，下意識地交換了一個眼神，想著該替她找個如意郎君了。車子抵達他們此行的目的地時，女兒頭一個跳起來，伸展她充滿青春活力的身體，彷彿認可了他們的嶄新夢想和一片好意。

卡夫卡小傳：
坐困愁城的纖細靈魂
悲涼筆觸背後的大師身影

麥田編輯部整理

卡夫卡之城於焉誕生

有一雙猶太血統深邃眼眸、眼裡彷彿縈繞著一抹揮不去的哀愁，被譽為「存在主義代表作家」並為「現代主義文學」奠基的卡夫卡，生於當時為奧匈帝國屬地、現今為捷克首都的布拉格，父親赫曼・卡夫卡（Hermann Kafka）是猶太商人，母親茱莉・勒維（Julie Löwy）是酒商之女。卡夫卡為家中長子，下有五名弟妹，兩名弟弟皆在嬰兒時期即夭折，三名妹妹則於日後死於納粹集中營。

卡夫卡幾乎一生與父母同住，絕大多數時間都待在布拉格城內，先後就讀位於曼斯納街（Masná Street）的德語男子小學（Deutsche Knabenschule）、舊城區的艾利斯特德語中學（Altstädter Deutsches Gymnasium）以及俗稱布拉格大學的卡爾・費迪南特大學（Univerzita Karlova v Praze），最終也病逝於布拉格。布拉格與卡夫卡的一生及其作品密不可分，捷克史學家強尼斯・厄西迪（Johannes Urzidil）便曾說：「卡夫卡即布拉格，布拉格即卡夫卡……就連布拉格最微小的元素，在卡夫卡作品中亦隨處可見。」[1]咸認為卡夫卡長篇小說《城堡》（*Das Schloß*）中那座神祕的城堡，原型正是布拉格城堡（Pražského hradu）。

從位於舊城區的卡夫卡故居、著名的「黃金巷二十二號藍色小屋」（Zlatá ulička 22）、以卡夫卡為名的書店（Franz Kafka Bookstore）到二〇〇五年開幕的卡夫卡博物館（Franz Kafka Museum）；從公車站看板、T恤、咖啡杯、購物袋、人偶到街頭塗鴉，時至今日，卡夫卡的身影在布拉格城內無所不在，布拉格更被冠上「卡夫卡之城」（The City of K）的稱號，儼然成為書迷一睹大師風采必訪之地。

來自父親的終生陰影

卡夫卡的父親赫曼・卡夫卡（Hermann Kafka）為屠夫之子，清寒的家境、困苦的成長歷程造就他堅毅、果敢而強勢的鐵漢性格，企圖心旺盛的他於十四歲離家、十九歲加入軍隊、三十歲後創業開了一家裝飾用品專賣店，胼手胝足白手成家，讓妻兒得以過中產階級小康生活。

在卡夫卡眼中，父親不止是強人，甚至是暴君。三十六歲時的卡夫卡，洋洋灑灑寫了五十餘頁「給父親的信」（Brief an den Vater），開宗明義便說父親在他心中種下根深柢固、不可動搖、無法以理性排解的恐懼。信中提及卡夫卡關於父親最鮮明的一次童年回憶，是某天夜裡卡夫卡吵著要水喝，父親難忍他的嚷鬧，遂將他從床上拖下來、關在家門外。卡夫卡從此成為一個循規蹈矩的孩子，將所有情感與情緒壓抑在心。

「給父親的信」中也描述道，一路苦過來的父親常指責卡夫卡衣食無虞、養尊處優，這在卡夫卡內心造成沉重而難以為外人道的罪惡感。父親的想法總是對的，舉凡與父親想法不同的意見一律是錯誤的、瘋狂的、不正常的。在這樣的父親面前，以纖細敏感、害羞內向、優柔寡斷形容自己的卡夫卡益發抬不起頭。儘管在校成績優異，爾後更擁有法學博士的傲人學歷，在學時期的卡夫卡時時擔憂考試有不及格之虞，成年後的卡夫卡又恆常厭棄自己。

日後，「給父親的信」不止成為卡夫卡迷解讀大師人格或為大師作傳的依據，也成為精神分析研究的文本，乃至於歐洲文學史上著名的一封自傳色彩濃厚的家書。

在真實人生中，父親為卡夫卡的人格與一生蒙上陰影。在創作上，從《變形記》（*Die Verwandlung*）裡對變成一隻蟲的兒子不聞不問、甚至亟欲除之而後快的父親，到〈判決〉（Das Urteil）中破口大罵要兒子去投河的父親；從《審判》（*Der Prozeß*）中迫害受害者的父親，到《城堡》裡面對苦苦哀求仍無動於衷的父親，卡夫卡筆下的父親形象從來不是父愛的化身。矛盾的是，無論是企圖透過旅行或婚姻離家，卡夫卡終究無法脫離父母而獨自生活，總是又回到位於布拉格的家中，乃至於到溘然長逝後都還與父母葬在一起。

半生知交馬克斯・布洛德及顛沛流離的手稿

卡夫卡生前僅發表過少數中短篇作品，他不認為寫作是一種天賦，反而認為他彷彿不得不然的寫作需求是一種詛咒，也厭惡自己對透過寫作獲得掌聲的渴望，對自己的作品又常懷否定與疑慮。如今卡夫卡之名得以廣為流傳，甚至躍升為一代文學宗師，全賴半生知交馬克斯・布洛德（Max Brod）。

一九〇二年，共同就讀於卡爾・費迪南特大學的卡夫卡與布洛德因一場演講結識彼此，此後在文學和人生的道路上成為相伴終生的摯友。卡夫卡時常造訪布洛德父母家，更在那兒認識了日後的女友與第一任未婚妻菲莉絲・包爾（Felice Bauer）。菲莉絲是布洛德的遠房姻親，與卡夫卡兩度訂婚皆未成婚。

不同於卡夫卡，布洛德於二十四歲時便出版首部小說《奈比吉城堡》（*Schloß Nornepygge*），在柏林文學圈廣受推崇，被譽為表現主義的傑作，使他在當時的德語文壇成為知名人物。一九四八年更榮獲為表揚希伯來文學傑出作品而設的表列克文學獎（Bialik Prize for literature），生前共出版有二十餘部著作。

布洛德不止追求個人的文學成就，也無私地提攜同輩與後進，一再鼓勵有自我厭惡傾向的卡夫卡。在布洛德的推波助瀾之下，卡夫卡零星發表了一些作品，卻終究未曾以專職作家為業，甚至在病逝前去信交代布洛德銷毀所有出自他手筆的產物，信中他說：「親愛的馬克思，我最後的請求是：所有我留下的文字，包括日記、手稿、書信（我寫的和別人寫給我的）及隨手做的筆記等等，一律焚毀，不予發表。」[2]然而，布洛德並未履行卡夫卡的遺願，轉而將他的遺作加以整理，於一九二五年至一九二七年間先後出版如今得以傳世的長篇小說《審判》、《城堡》與《美國》（*Der Verschollene*）；並為他的摯友作傳，於一九三七年出版《卡夫卡傳》（*Franz Kafka, eine Biographie*）。

卡夫卡於一九二四年病逝。一九三九年，布洛德自受到納粹德國入侵的布拉格逃至巴勒斯坦，隨身將卡夫卡手稿攜出。更於一九五六年將這批手稿送至瑞士，存放於銀行保險箱中以策安全。除了《審判》的手稿收藏在位於德國馬爾巴赫（Marbach）的現代文學博物館（Literaturmuseum der Moderne）之外，一九六一年，在英國學者的奔走之下，卡夫卡手稿被運往牛津大學巴德理圖書館（Bodleian Library），收藏至今。

悲涼的筆觸，無能為力的主人翁

早期作品

一九〇八年，卡夫卡開始於勞工事故保險局（Arbeiter-Unfall-Versicherungs-Anstalt für das Königreich Böhmen）任職，從工作經歷當中體認到勞工階級備受剝削的處境，因而寫成他最早發表的作品〈一場掙扎的描述〉（Beschreibung eines Kampfes），並在一份只發行了一年、名為*Hyperion*的德文雜誌創刊號發表部分段落。同樣來自〈一場掙扎的描述〉的兩個段落〈與祈禱者的對話〉（Gespräch mit dem Beter）以及〈與醉漢的對話〉（Gespräch mit dem Betrunkenen），則在一九〇九年於最後一期的*Hyperion*發表。

一九一二年，卡夫卡認識了菲莉絲‧包爾，兩人墜入愛河，卡夫卡進而寫成獻給菲莉絲之作〈判決〉，並於次年發表。這則短篇充滿十足的卡夫卡元素，刻畫了臥病在床依舊強勢駭人的父親、父子間神經質的衝突、主人翁與心上人訂了婚卻沒能結成連理、分隔兩地的男性摯友間的情誼等主題。最後，內心混亂、無依、自責的男主人翁，因父親一句「我現在判你去投河」便投河自盡，以自我毀滅為故事畫下句點。

一九一二年底，卡夫卡首次將作品結集付梓，出版了《觀察》(*Betrachtung*)一書，書中收錄與布拉格生活有關的散文與隨想，文字優美精鍊；書中並有「獻給馬克斯．布洛德」的字樣。

一九一三年五月，卡夫卡發表〈司爐〉(Der Heizer)，這則短篇在一九一五年獲得封丹文學獎(Fontane Prize)，並寫入於他身後出版的長篇小說《美國》中。

中篇代表作

一九一五年，卡夫卡最著名的作品《變形記》問世了。

卡夫卡留給後世的作品多為斷簡殘篇，三部由摯友布洛德整理出版的長篇

一九一五年《變形記》初版封面

小說也未及在他生前完成，現今被視為卡夫卡代表作的主要卻是他身後才出版的著作。因而，一般認為的卡夫卡代表作當中，《變形記》是唯一在他有生之年已寫完並出版成書的。

《變形記》主人翁變形成蟲的怪誕情節與怪異形象無疑是全作主軸，然而，一九一五年該作首度問世前，卡夫卡曾在十月二十五日一封寫給出版者庫爾特・伍爾夫（Kurt Wolff）的信中特別聲明，這隻怪蟲的形象不能予以具象化。他說：「您提及插畫家奧特馬・史達克（Ottomar Starke）將為《變形記》書名頁畫一幅插畫……我在想，史達克有可能會以那隻蟲為描繪主題。萬萬不可！拜託千萬不要！……不能畫那隻蟲，就連遠景圖也不行。」又進一步建議：「我寧可畫面中是（葛雷戈・桑姆薩的）父母和經理站在關起的房門前，或者是（葛雷戈・桑姆薩的）父母和妹妹站在亮著燈的房間，開著一扇通往一片漆黑的門。」[3]

《變形記》讓卡夫卡躍升為與喬埃斯（James Joyce）、普魯斯特（Marcel Proust）、湯瑪斯曼（Thoman Mann）等現代主義代表作家齊名的一代文豪。現代主義的人生觀是孤獨的、世界觀是非社會的，主張人際之間無從建立真正的關係。《變形記》裡主人翁與家人情感的疏離、不由人主宰的失控處境，以及最終徒勞無望的結局，在在使其成為現代主義的極致表現。另方面，《變形記》又帶有濃厚的存在主義色彩。故事中，葛雷戈·桑姆薩異化成蟲，如同另一部存在主義大作《異鄉人》中的主人翁莫梭一般，成為人類社會的局外人，無從被他人所了解、接納，終至難能見容於世，失卻一己立足之地，眾人無不亟欲將之擺脫或除去。

繼《變形記》之後，卡夫卡於一九一九年出版短篇作品集《鄉村醫生》（*Ein Landarzt*）。當中〈鄉村醫生〉一篇刻畫鄉村醫生為了借馬車趕去看診，只好以自家女傭的肉體作為與車主的交換條件。對此安排，女傭雖不情願卻無以抵抗，醫生雖不認同卻無能為力。卡夫卡再次讓讀者看到他在面對生命的掙扎與社會的不公時，視人為卑微存在的灰暗觀點。

一九二四年，卡夫卡出版最後一部於他生前問世的作品集《飢餓藝術家》（*Ein Hungerkunstler*）。當中〈飢餓藝術家〉一篇敘述一名節食表演者本來事業如日中天，但漸漸地節食表演不再流行，表演者竟被遺忘在他做節食表演的籠子裡，無人聞問直到餓死。同年，卡夫卡死於肺結核。

長篇代表作

卡夫卡的三部長篇《審判》、《城堡》、《美國》皆在身後由摯友布洛德編輯出版。

卡夫卡自一九一四年起著手寫作的《審判》，首先於一九二五年出版。故事中，主人翁約瑟夫．K某天早晨醒來便莫名遭到收押，最終不明就裡地被判處死刑，並在三十一歲生日前夕執行處決。

其次出版的是一九二六年問世的《城堡》，卡夫卡於一九一八年始撰。小說描述自稱是一名土地測量員的K前往一座城堡，城堡中住著一位權力至高無上的堡主，K力圖與強權相抗，爭取城堡公民的身分，好在隸屬於城堡的村莊裡落腳。對於這部未竟的巨著，布洛德表示：「卡夫卡沒有寫結尾的一章，不過有一次我問他這部小說會怎麼結束，他跟我說了。這個據說是土地測量員的人，至少在某一方面得到了補償。他沒有停止對抗，卻因筋疲力竭而死。臨死時眾人圍在他的床邊，而城堡的決定剛好下達，說儘管K在這個村莊裡並沒有居住的權利，但顧念到某些其他的情況，特准許他在此生活和工作。」[4]

最後出版的是一九二七年問世的《美國》，卡夫卡早在一九一二年即開始撰寫本作。主人翁卡爾因女傭懷了他的孩子而被父親逐出家門、送往美國，原來還對新生活滿懷憧憬，之後卻接二連三陰錯陽差地發生各種不幸的遭遇，只得不斷逃跑或受到驅趕。寫作過程中，卡夫卡對這部作品益發不滿，自認謬誤不斷，不如擱筆。最終，卡夫卡也確實貫徹了這個決定，《美國》的結局自此成為懸案。

卡夫卡筆下的人物總是滿懷對生存的深層焦慮以及對自我救贖的無望追尋，三部長篇連同中篇代表作《變形記》，奠定了卡夫卡在文學史上現代主義大師與存在主義文豪的地位，後世更屢有改編電影、舞台劇、動畫出現。

一生坐困布拉格城內，與世長辭前終得淺嚐幸福滋味

卡夫卡一生曾三度訂婚，也三度解除婚約——一九一四年、一九一七年與菲莉絲·包爾，一九一九年與茱莉·沃里契克（Julie Wohryzek）。在「給父親的信」以及身後留下的日記中，根據卡夫卡的自述，每當打定主意要成家，卡夫卡便會陷入自己無法掌控的不安與絕望當中，夜裡不能成眠，白晝鎮日頭痛欲裂，生活一團混亂簡直無以為繼。儘管卡夫卡視娶妻成家為脫離父母獨立的表現，但終究還是無法跨過婚姻的門檻。

一九一七年，卡夫卡被診斷出肺結核，到了一九二〇年至一九二二年間，病情嚴重惡化，迫於健康因素請假至塔特拉山休養，並於一九二二年正式離開任職了半生的勞工事故保險局。一九二三年夏天，卡夫卡在妹妹的陪同之下至波羅的海度假，邂逅了芳齡十九的朵拉·迪亞芒（Dora Dymant）。是年九月，卡夫

卡搬離在布拉格的父母家，到柏林與朵拉同住。人生中第一次，卡夫卡不顧父母反對，離家追求愛情，終得短暫淺嚐幸福滋味，並寫下了相對而言較為愉快的最後一則短篇作品〈一個小女人〉（Eine kleine Frau）。

次年三月，卡夫卡回到布拉格住院接受治療，三個月後與世長辭，結束了惶惶不安、坐困愁城的一生。

注：

1 摘自J. P. Stern所編*The World of Franz Kafka*。

2 摘自一九四六年Schocken Books版*The Castle*出版人的話。

3 摘自Vincent Kaufmann著*Post Scripts: The Writer's Workshop*。

4 摘自卡拉・瑞美特（Karla Reimert）《K－頓卡夫卡》（*Für Eilige*）。

卡夫卡年表

生前

一八八三年　七月三日生於當時為哈布斯堡帝國（Habsburg Empire）屬地的布拉格，為家中長子，全名Franz Kafka，取自奧匈帝國國王Franz Joseph之名。父親赫曼・卡夫卡（Hermann Kafka），母親茱莉・勒維（Julie Löwy）。

一九〇一年　入卡爾・費迪南特大學（Univerzita Karlova v Praze）就讀，原主修化學，後改修法律。

一九〇二年　結識馬克斯・布洛德（Max Brod），兩人不止成為摯友，布洛德更是卡夫卡作品得以保留下來的關鍵人物。

一九〇六年　完成學業，獲法學博士學位。

一九〇七年　於忠利保險集團（Assicurazioni Generali）任職。

一九〇八年　於波西米亞王朝勞工事故保險局（Arbeiter-Unfall-Versicherungs-Anstalt für das Königreich Böhmen）任職。

一九〇九年　發表短篇小說〈一場掙扎的描述〉（Beschreibung eines Kampfes）。
寫成短篇小說〈鄉間婚事籌備〉（Hochzeitsvorbereitungen auf dem Lande）。
發表短篇小說〈與祈禱者的對話〉（Gespräch mit dem Beter）、〈與醉漢的對話〉（Gespräch mit dem Betrunkenen）。

一九一一年　與布洛德至義大利、瑞士、法國旅遊。

一九一二年　結識菲莉絲・包爾（Felice Bauer）。

一九一四年　六月與菲莉絲・包爾訂婚。
七月與菲莉絲・包爾取消婚約。

一九一五年　出版中篇小說《變形記》（*Die Verwandlung*）。
寫作短篇小說〈老光棍布魯費〉（Blumfeld, ein älterer Junggeselle）。

一九一六年　發表短篇小說〈判決〉（Das Urteil）。

一九一七年　七月與菲莉絲・包爾二度訂婚。
九月診斷出肺結核。
十二月與菲莉絲・包爾二度取消婚約。

寫作短篇小說〈獵人格拉庫斯〉(Der Jäger Gracchus)、〈萬里長城建造時〉(Beim Bau der Chinesischen Mauer)、〈皇上的諭旨〉(Eine kaiserliche Botschaft)。

寫成劇作《守墓人》(*Der Gruftwächter*)。

發表短篇小說〈致科學院的報告〉(Ein Bericht für eine Akademie)、〈胡狼和阿拉伯人〉(Schakale und Araber)。

一九一八年　與茱莉・沃里契克(Julie Wohryzek)交往。

一九一九年　發表短篇小說〈流刑地〉(In der Strafkolonie)。

與茱莉・沃里契克訂婚。

寫下〈給父親的信〉(Brief an den Vater)。

寫作短篇小說〈陳舊的一頁〉(Ein altes Blatt)。

一九二〇年　發表短篇小說〈鄉村醫生〉(Ein Landarzt)。

與茱莉・沃里契克解除婚約。

與米蓮娜・潔辛絲卡(Milena Jesenska)交往。

寫作短篇小說〈否決〉（Die Abweisung）。

一九二二年　寫作短篇小說〈最初的憂傷〉（Erstes Leid）。

一九二二年　發表短篇小說〈飢餓藝術家〉（Ein Hungerkünstler）。寫作短篇小說〈一條狗的研究〉（Forschungen eines Hundes）。

一九二三年　與米蓮娜．潔辛絲卡分手。與朵拉．迪亞芒（Dora Dymant）同居。

一九二四年　六月三日死於肺結核，交代布洛德將所有作品燒毀。

逝後

一九二五年　長篇小說《審判》（*Der Prozeß*）出版。

一九二六年　長篇小說《城堡》（*Das Schloß*）出版。

一九二七年　長篇小說《美國》（*Der Verschollene*）出版。

一九三九年　納粹德國入侵，Max Brod帶出卡夫卡手稿，逃至巴勒斯坦。

一九五二年　書信集《給米蓮娜的信》（*Briefe an Milena*）出版。

長篇書信《給父親的信》（*Brief an den Vater*）出版。

一九五六年　Max Brod將卡夫卡手稿送至瑞士，以求獲得安全保管。

一九六一年　手稿送至牛津大學巴德理圖書館（Bodleian Library）收藏。

一九六七年　書信集《給菲莉絲的情書》（*Briefe an Felice*）出版。

一九七四年　書信集《給奧特拉的信》（*Briefe an Ottla und die Familie*）出版。

卡夫卡語錄

Das Schreiben erhält mich, aber ist es nicht richtiger zu sagen, daß es diese Art Leben erhält? Damit meine ich natürlich nicht, daß mein Leben besser ist, wenn ich nicht schreibe. Vielmehr ist es dann viel schlimmer und gänzlich unerträglich und muß mit dem Irrsinn enden. Aber das freilch nur unter der Bedingung, daß ich, wie es tatsächlich der fall ist, auch wenn ich nicht schreibe, Schriftsteller bin und ein nicht schreibender Schriftsteller ist allerdings ein den Irrsinn herausforderndes Unding.

寫作維持著我，不過，說寫作維持著這份人生豈不更正確？當然並不是說我的人生在我不寫作時比較好。其實不寫作時我的人生更糟，簡直難以忍受，只能以發瘋告終。前提是我就算不寫作時仍然是個作家（事實確是如此），而一個不寫作的作家是一種令人發瘋的荒唐。

——摘自馬克斯・布洛德編

《卡夫卡書信集：一九〇二年至一九二四年》（*Briefe, 1902-1924*）

Ich glaube, man sollte überhaupt nur solche Bücher lesen, die einen beißen und stechen. Wenn das Buch, das wir lesen, uns nicht mit einem Faustschlag auf den Schädel weckt, wozu lesen wir dann das Buch? Damit es uns glücklich macht, wie Du schreibst? Mein Gott, glücklich wären wir eben auch, wenn wir keine Bücher hätten, und solche Bücher, die uns glücklich machen, könnten wir zur Not selber schreiben. Wir brauchen aber die Bücher, die auf uns wirken wie ein Unglück, das uns sehr schmerzt, wie der Tod eines, den wir lieber hatten als uns, wie wenn wir in Wälder verstoßen würden, von allen Menschen weg, wie ein Selbstmord, ein Buch muß die Axt sein für das gefrorene Meer in uns. Das glaube ich.

我認為，只有那種咬你、刺痛你的書才該讀。如果讀一本書不能給我們當頭棒喝，那又何必去讀？難道是如你所言，為了讓我們快樂？天哪！就算沒有書我們也一樣快樂，而那些讓我們快樂的書必要時我們可以自己來寫。我們需要的卻是能像一宗痛苦的不幸一樣深深影響我們的書，就像我們愛之更甚於自己的人死去，就像被放逐至森林中與世人隔絕，就像自殺。一本書必須是一柄斧頭，鑿開我們心中冰封的海洋。我如此認為。

——摘自馬克斯・布洛德編

《卡夫卡書信集：一九〇二年至一九二四年》（*Briefe, 1902-1924*）

Ich schreibe anders als ich rede, ich rede anders als ich denke, ich denke anders als ich denken soll und so geht es weiter bis ins tiefste Dunkel.

我寫的不同於我說的，我說的不同於我想的，我想的不同於我應該想的，如此這般，直到最深的黑暗。

——摘自馬克斯・布洛德編

《卡夫卡書信集：一九〇二年至一九二四年》(*Briefe, 1902-1924*)

Verlassen sind wir doch wie verirrte Kinder im Walde. Wenn Du vor mir stehst und mich ansiehst, was weißt Du von den Schmerzen, die in mir sind und was weiß ich von den Deinen. Und wenn ich mich vor Dir niederwerfen würde und weinen und erzählen, was wüßtest Du von mir mehr als von der Hölle, wenn Dir jemand erzählt, sie ist heiß und fürchterlich. Schon darum sollten wir Menschen vor einander so ehrfürchtig, so nachdenklich, so liebend stehn wie vor dem Eingang zur Hölle.

我們其實就像迷失在森林裡的孩子一樣無依。當你站在我面前，看著我，你哪裡知道我心中之苦，而我又哪裡知道你心中之苦。假如我撲倒在你面前，向你泣訴，你能知我多少？一如你對地獄能知道多少，就算有人告訴你地獄炙熱又可怕。就只為了這個緣故，人在面對彼此時就該像站在地獄入口一樣心存敬畏、深思而慈悲。

——摘自馬克斯・布洛德編

《卡夫卡書信集：一九〇二年至一九二四年》（*Briefe, 1902-1924*）

Schreiben in diesem Sinne ist ein tieferer Schlaf, also Tod, und so wie man einen Toten nicht aus seinem Grabe ziehen wird und kann, so auch mich nicht vom Schreibtisch in der Nacht.

寫作在這層意義上來說是一種深沉的睡眠，亦即死亡。一如旁人不會也不能把死者從墳墓裡拽出來，人們無法在夜裡把我從書桌旁拉開。

——摘自《給菲莉絲的情書》(*Briefe an Felice*)

Oft dachte ich schon daran, dass es die beste Lebensweise für mich wäre, mit Schreibzeug und einer Lampe im innersten Raume eines ausgedehnten, abgesperrten Kellers zu sein.

我常想，對我而言最好的生活方式是帶著紙筆和一盞檯燈，待在一間鎖住的地下室裡最深的地方。

——摘自《給菲莉絲的情書》（*Briefe an Felice*）

Gott will nicht, dass ich schreibe, ich aber, ich mus.

上帝不要我寫作，我卻非寫不可。

——摘自馬克斯・布洛德編

《卡夫卡書信集：一九〇二年至一九二四年》（*Briefe, 1902-1924*）

Oh, Hoffnung genug, unendlich viel Hoffnung - nur nicht für uns.

噢，這世上是有希望，無窮的希望。只是你我沒有。

——摘自馬克斯・布洛德著《卡夫卡傳》(*Franz Kafka, eine Biographie*)，

此為卡夫卡對布洛德所說的話。

GREAT! 06 **變形記**
Die Verwandlung by Franz Kafka

作者	卡夫卡Franz Kafka
譯者	姬健梅
校閱	葉慧芳
責任編輯	祁怡瑋
排版	浩瀚電腦排版股份有限公司
編輯總監	劉麗真
發行人	何飛鵬
出版	麥田出版 地址：115台北市南港區昆陽街16號4樓 電話：(02)2500-0888 傳眞：(02)2500-1951
發行	英屬蓋曼群島商家庭傳媒股份有限公司城邦分公司 地址：115台北市南港區昆陽街16號8樓 網址：http://www.cite.com.tw 客服專線：(02)2500-7718｜2500-7719 24小時傳眞專線：(02)2500-1990｜2500-1991 服務時間：週一至週五09:30-12:00｜13:30-17:00 劃撥帳號：19863813　　戶名：書虫股份有限公司 讀者服務信箱：service@readingclub.com.tw
香港發行所	城邦（香港）出版集團有限公司 地址：香港九龍土瓜灣土瓜灣道86號順聯工業大廈6樓A室 電話：+852-2508-6231 傳眞：+852-2578-9337 電郵：hkcite@biznetvigator.com
馬新發行所	城邦（馬新）出版集團【Cite(M) Sdn. Bhd. (458372U)】 地址：41, Jalan Radin Anum, Bandar Baru Seri Petaling, 57000 Kuala Lumpur, Malaysia. 電話：+603-9056-3833 傳眞：+603-9057-6622
麥田部落格	http:// ryefield.pixnet.net
印刷	前進彩藝有限公司
二版一刷	2010年11月
二版35刷	2024年08月
售價	220元
ISBN	978-986-120-341-6

國家圖書館出版品預行編目資料

變形記 / 卡夫卡（Franz Kafka）著；姬健梅譯. －－ 二版.
－－ 台北市：麥田出版：家庭傳媒城邦分公司
發行, 2010.11
　面：　　公分：－－（GREAT!；6）
譯自：Die Verwandlung
ISBN 978-986-120-341-6（平裝）
875.57　　　　99017761